Morgen finde ich dich!

MARGIT RUMPL

Nach einer wahren Begebenheit

Für meinen Sohn

Prolog

„Sie haben schon wieder eine Naht vergessen!" Die Vorarbeiterin sieht streng und vorwurfsvoll durch ihre dicken Brillengläser auf mich herab. „Entschuldigung". Ich bin erschrocken. „Ich bringe das sofort in Ordnung."

Seit zwei Jahren sitze ich hier an diesem Nähtisch und nähe im Akkord altmodische Damenkleider. Kleider, deren komisch gemusterte Stoffe sich unter meinen Fingern klebrig anfühlen und unangenehm riechen. Ich würde nicht einmal meiner Großmutter eines davon kaufen, wenn sie noch leben würde, denke ich wieder einmal angewidert.

Beim Nähen flüchte ich gerne wie gerade eben in Tagträume. In Fantasien, die mich weit weg führen, weg von dem immer gleichen Getöse der ratternden Nähmaschinen. Die Gedanken in meinem Kopf, die sich gar nicht auf die gegenwärtige Arbeit konzentrieren wollen, halten mich über Wasser in diesen langweiligen Tagesabläufen.

Ich träume von meiner Zukunft, die voll mit romantischen Abenteuern sein soll und gewiss ohne Nähmaschinen, kitschigen Stoffen oder einer strengen, knapp vor der Pension stehenden Vorarbeiterin, die mich leise ahnen lässt, wie sich Sklaven vor hunderten von Jahren gefühlt haben mussten.

In meinem Leben wird etwas Großartiges geschehen, ich kann es bereits beinahe spüren und kaum erwarten.

Was immer das auch sein wird - Hauptsache es holt mich hier raus.

Im Leben muss es doch Besseres geben als das hier, grüble ich unzufrieden und beginne bereits wieder, alles um mich herum zu vergessen, während meine Hände automatisch die Nähmaschine bedienen.

In meiner Jugendzeit ist es noch nicht wichtig, Töchtern eine gute Ausbildung zukommen zu lassen.

Ich würde doch sowieso heiraten, meinen meine Eltern, vielleicht einen Landwirt mit einen gut gehenden Betrieb, ein paar Kinder bekommen und wozu da eine jahrelange Berufsausbildung?

Eine höhere Schule, die mein Lehrer vorgeschlagen hat oder gar eine Ausbildung zur Reitlehrerin, wovon ich träumte, wäre doch Unfug.

Als braves Mädchen bestand ich auch gar nicht sehr darauf, meine beruflichen Wünsche durchzusetzen, ich tat, wie Andere es mir vorlebten und nahm diese Arbeitsstelle in der Näherei an. Aber das hier kann doch nicht das aufregende Leben sein, das mir vorschwebt.

Ich sehe mich um und betrachte meine Arbeitskolleginnen.

Da ist Maria, die schon seit fünfzehn Jahren diese Arbeit verrichtet oder Ingrid, die vergnügt vor sich hin summt, obwohl sie seit sieben Jahren ständig die gleichen Handgriffe macht – Knöpfe annähen. Ich blicke weiter in die Runde der über fünfzig Frauen, die fleißig und konzentriert ihrer Arbeit nachgehen. Nein, ich bin nicht wie sie und will es auch nicht werden.

In diesem Moment beschließe ich endgültig, so schnell wie möglich hier weg zu gehen.

Ich will auf keinen Fall wie die anderen Arbeiterinnen mein Leben hier vergeuden, ich muss dringend raus aus diesem „Gefängnis", wo die Vorarbeiterin mit Argusaugen darauf achtet, dass alle möglichst ohne zu reden oder zu oft zur Toilette zu gehen ihre monotone Beschäftigung verrichten.

Wie bin ich nur hier gelandet? Habe ich die letzten zwei Jahre geschlafen? Es reicht.

Nicht mit mir - nicht länger! Ich kündige.

Mein Leben hat sich schon nach einem Monat grundlegend geändert. Zwei Jahre habe ich gehorsam funktioniert, nun nehme ich mein Leben selbst in die Hand. Ich will etwas machen, das mich mit Freude erfüllt, meine Zeit draußen in der Natur verbringen und endlich mit Pferden arbeiten.

Eine Ausbildung zur Bereiterin stellt allerdings ein schwieriges Unterfangen dar. In Österreich ist das zu dieser Zeit ein beinahe unbekannter Beruf, Ausbildungsplätze sind rar.

Also begnüge ich mich mit einer Stelle als Pferdepflegerin.

Pferdenärrinnenlehrzeit

Ich atme tief ein, frische laue Luft und strecke mich glücklich. Mein erster Arbeitstag!

Es ist noch früh, als ich durch das große schmiedeeiserne Tor trete und mich meine Schritte über den Kiesweg zwischen alten Kastanien und hoch in den Himmel ragenden Tannen führen.

Vor mir liegt das Anwesen meiner neuen Arbeitgeber.

Die gelb gestrichene prunkvolle Villa am Ende des Weges liegt inmitten eines kleinen gepflegten Parks, rechts davon befindet sich das Wirtschaftsgebäude. Dort sind die Ställe der Pferde, die Kutschenremise und eine kleine Wohnung, die ich ab nun beziehen werde.

Im Stall wiehern bereits die Pferde in Erwartung ihres Futters und zwei Wachhunde, riesige gutmütige Leonberger trotten näher, um sogleich freudig an mir hochzuspringen.

Mein Arbeitgeber verdient sein Geld in der Entwicklung für Auto- und Flugzeugindustrie. Seine Frau nimmt mit den Pferden an internationalen Fahrturnieren im Viererzug teil und ist in Europa in diesem männerdominierendem Sport noch eine Ausnahme, noch dazu eine Erfolgreiche.

Ich habe eine nette Arbeitskollegin, mit der ich mich auf Anhieb gut verstehe. Heidi ist siebzehn, ein dünnes, aber kräftiges Mädel mit dunklem Lockenkopf, einem fröhlichen Lächeln im Gesicht und großen strahlenden Augen, als sie mir die siebzehn Pferde einzeln vorstellt.

Die Arbeit besteht aus Füttern, Misten, Putzen, Reiten und Anspannen der Pferde. Eine oft harte und schweißtreibende Arbeit, die uns dennoch Freude macht.

Endlich draußen arbeiten an der frischen Luft! Die Arbeit mit den Tieren ist viel erfüllender und sinnvoller für mich als tagtäglich an einer Nähmaschine zu sitzen und Kleider zu nähen.

Auch wenn die Woche nun sechs Arbeitstage hat und eine Vierzig-Stunden Woche unmöglich ist, ich abends erschöpft in mein Bett falle, mache ich meinen Job mit Hingabe.

Arbeit und Freizeit vermischen sich.

Ich teile mir mit Heidi die kleine Wohnung auf dem Hof.

Wir haben viel Spaß zusammen. Jede von uns reitet drei bis vier

Pferde täglich. Wir trainieren abwechselnd Dressur, Springen und Kondition bei Ausritten durch bergige Wälder oder lange ebene Flussauen.

Bis in den Spätherbst wird auch mehrmals die Woche angespannt. Daneben gibt es noch einige Jungpferde, die langsam an Reiter und Kutsche gewöhnt werden sollen. Der Winter ist hart und anstrengend. Die Pferde müssen versorgt werden, egal, ob es schneit, stürmt oder in Strömen regnet.

Samstagabend geh' ich gerne aus, um den Pferden etwas zu entfliehen. Sonntag bleibt meist der einzige Tag der Woche, an dem ich frei habe und richtig ausschlafen kann. Den verbringe ich im Elternhaus.

Und ich lerne einen netten Jungen kennen.

Thomas lebt im Nachbarort und ist zwei Jahre jünger als ich. Anfangs verbindet uns nur unser gemeinsames Interesse an den Pferden. Er und seine Familie beginnen eben einen Reiterhof aufzubauen und bieten Ausritte an.

Dazu lädt er mich ein und bald besucht er mich an meinem Arbeitsplatz, um die edlen Turnierpferde kennen zu lernen.

Und er beginnt mir immer besser zu gefallen, dieser blonde Junge mit dem herausfordernden spitzbübischen Lächeln und seinen frechen Sprüchen.

Unbeschwert lassen wir uns aufeinander ein und eine schöne Zeit voller Verliebtheit folgt.

Aber schon nach ein paar Monaten wird unsere Beziehung unterbrochen. Denn im Frühjahr meines zweiten Beschäftigungsjahres darf ich endlich mit auf die großen Turniere. Meine Kollegin Heidi bleibt bei den restlichen Pferden daheim.

***

Im März verladen wir fünf Pferde, zwei Kutschen und jede Menge Equipment wie Fahrgeschirre, Sättel und hundert Dinge mehr in den großen Transporter mit Hänger - eine fünf Monate lange Reise beginnt. Erstes Ziel ist Holland, ein siebenwöchiges Training beim amtierenden Weltmeister im Viererzugfahren steht auf dem

Programm, das wir, wie mir scheint, in einem einzigen riesigen Wolkenbruch absolvieren. Es regnet fast ununterbrochen.
Danach geht es weiter nach England, wo ich einen kleinen Einblick in das Leben der Reichen und Adeligen bekomme.
Unter anderem besuchen wir ein Fahrturnier in Windsor.
Prinz Philipp selber betreibt diesen elitären Sport. Die ausländischen Teams sind für eine Woche davor und für die Dauer der Veranstaltung ins Schloss Windsor eingeladen.
Auch wenn ich nur wie die übrigen Grooms in einem Angestelltenhaus untergebracht werde, ist es für mich etwas Besonderes.
Ich beobachte täglich eine große wartende Menschenmenge vor dem Tor, welche die berühmte Wachablöse der „Bobbys“ in traditioneller Zeremonie miterleben will. Ich aber darf mir dieses Spektakel innerhalb der Schlossmauer ansehen, dabei übermütig die Wachen necken und sie zur Aufgabe ihrer starren Mimik herausfordern, was aber unmöglich gelingt.
Eine völlig neue Welt erschließt sich für mich. Durch meine Arbeitgeber habe ich schon viele wohlhabende Menschen kennen gelernt, aber das hier ist doch speziell.
Mit Prinz Philipp zu sprechen, Prinz Charles beim Polo spielen zuzuschauen oder sogar der Königin von England auf derem Wohnsitz zu begegnen, sind für mich jungem Mädchen großartige Erlebnisse. Die Queen fährt sogar ihr Auto an den Straßenrand, um uns beim Kutschen fahren nicht zu behindern. Wir begegnen ihr täglich in Begleitung einer Schar Corgis, ihren geliebten kurzbeinigen Hunden.
Ich nutze die Gelegenheit und erkunde zu Pferd die riesigen Parkanlagen von Schloss Windsor, galoppiere durch Herden von Damwild bis zum rosa Schloss der Königinmutter. Wobei ich auch mal von einem strengen Parkwächter gestoppt werde. „Don´t ride here!“
Das anschließende internationale Fahrturnier lockt Massen von Zuschauern an, in drei Teilbewerben wird um die Platzierungen gekämpft.
Am ersten Turniertag findet die Dressurprüfung statt, davor wird das Gespann in einer Präsentation vom Richterkollegium bewertet. Am zweiten Tag steht aktionsreiche Spannung im Vordergrund, der Marathon. Über zwanzig Kilometer führt die Prüfung. Auf den

letzten Kilometern wird in der Querfeldeinstrecke alles abverlangt von Pferden, Fahrern und Beifahrern. Enge verwinkelte Hindernisse, Wasser, Brücken fordern Geschicklichkeit, Schnelligkeit und Mut.
Am letzten Veranstaltungstag werden die Pferde vom Tierarzt gecheckt und wenn auch diese Hürde geschafft ist, sie die Strapazen des Vortages gut überstanden haben, wird im anschließenden Kegelparcour der Gesamtsieger ermittelt. Die Gespanne müssen in der schnellstmöglichen Zeit einen Parcour durch Kegeln absolvieren, auf denen jeweils ein Tennisball liegt. Eine leichte Berührung eines Pferdebeines oder eines Kutschenrades reicht aus, um die Bälle herunterfallen zu lassen, was Fehlerpunkte einbringt. Diese Prüfung ähnelt einer Springprüfung beim Reiten.
Unser Team schneidet hervorragend ab, wir sind gut platziert.

Wir verlassen England und übersiedeln mit den Pferden nach Deutschland. In der Nähe von Celle, mitten in der schönen Lüneburger Heide beziehen wir unser Quartier auf einem alten Gutshof.
Das Hamburger Derby und das große Turnier in Aachen stehen noch auf unserem Programm. Die Arbeit ist anstrengend und der Stress auf den Turnieren zehrt auch an meinen Nerven. Freie Tage sind kaum möglich, die Pferde verlangen nach täglicher Betreuung. Wird nicht angespannt, wollen sie geritten oder longiert werden.
Ich bin total überfordert und denke erstmals wieder an eine berufliche Veränderung. Dieses Leben habe ich kennen gelernt, hat mich anfangs fasziniert, aber für mich ist nun wieder Zeit für einen Ausstieg.
Ich liebe die Pferde. Aber wozu ist es notwendig, sich ständig mit solch enormem Aufwand mit anderen zu messen?
Wer ist der Erfolgreichste? Wer hat die besten Pferde? Die Schönsten? Die Teuersten? Wer das meiste Geld? Den größten Einfluss? Ich fühle mich immer fremder in dieser für mich eindeutigen „Scheinwelt". Es muss doch wichtigere Dinge und ein sinn-volleres Leben geben.
Schon seit meiner Kindheit bin ich ein nachdenklicher, oft melancholischer Mensch.
Ich verliere mich in Träumereien, zerlege Gedanken in Einzelteile und baue daraus neue Geschichten, die nun immer negativer werden.

Vor dem letzten Turnier bekomme ich Panikattacken, schon bei kleinen Aufgaben beginne ich zu zittern und fühle mich meinen Aufgaben nicht mehr gewachsen.

Burn-out würde ein Arzt heute diagnostizieren, aber das ist mir damals noch nicht klar.

Ich schäme mich, fühle mich als Versager und werde immer stiller und ernster.

Das fällt aber niemandem auf.

Eines Abends, nachdem ich die Pferde versorgt habe, kann ich meine Tränen nicht mehr zurück halten ohne richtig zu verstehen, warum. Ich bin so müde von der Arbeit und von den Menschen um mich herum.

Mir fehlen Freunde. Ich vermisse Heidi, mit der ich reden könnte und natürlich Thomas.

Damit mich niemand in meinem Kummer sieht, setze ich mich in den Pferdetransporter zwischen die Fahrgeschirre, Decken und Transportkisten und heule da weiter, zerknülle ein Taschentuch nach dem anderen. In einer dieser Kisten befinden sich Medikamente für die Pferde. Ich öffne sie ohne bestimmte Absicht. Oder doch?

Halte plötzlich eine Dose in der Hand. Ein Pulver zur Beruhigung der Pferde, zur Bekämpfung von Nervosität bei Bewerben. Doping-kontrollen sind noch selten, viele Mittel bei Wettkämpfen erlaubt.

Ich sehe mir die Dose aus geschwollenen, verweinten Augen genauer an. Und bin jetzt ganz ruhig. Ob das Pulver auch bei mir wirkt? Mich von meiner seelischen Verzweiflung befreien kann?

Vorsichtig lecke ich an meinem Finger und stecke ihn in das grüne Pulver. Schmeckt bitter, wird zum ekelhaften Brei in meinem Mund. Kann es unmöglich schlucken, spucke es aus.

Aber wenn ich genug davon hinunterbringe, kann ich meine Sorgen bestimmt vergessen, denke ich.

Und wenn ich die ganze Dose hinunterwürge ...?

Dieser Gedanke gefällt mir. Ich bräuchte nie mehr diesen Ort verlassen, keinem Menschen mehr gegenüber treten, mich keinen Aufgaben mehr stellen. Keiner würde meine roten, verschwollenen Augen sehen. Stattdessen würde ich einschlafen, immer weiter schlafen und vielleicht irgendwo weit außerhalb meines Universums aufwachen. Selbstmitleid kann man fast genießen.

Nur wie soll ich das scheußliche Pulver hinunter bekommen?

Trotz einsetzender Dunkelheit entdecke ich in einer Ecke eine halbvolle Flasche Cola. Und ich beginne abwechselnd ein Löffelchen Pulver und einen Schluck Cola zu nehmen.

Will ich wirklich sterben?

Ich fühle mich so herrlich benommen, richtig high, alles verschwimmt vor meinen Augen.

„Margit! Hörst Du mich? Was ist denn los mit dir?"

Ich habe so schön geträumt. Wer stört mich da?

Undeutlich sehe ich meine Chefin, Angst im Gesicht.

Eigentlich habe ich das nicht wirklich vorgehabt, oder doch?

Ein Arzt injiziert mir trotz meines heftigen Widerstands ein weiteres Mittel zur Beruhigung!

In meiner Verzweiflung oder wegen der vielen Arzneien muss ich krampfhaft lachen. Ich hätte doch nur dringend Zeit für mich gebraucht und jemanden, der mir zugehört hätte. Und vor allem bin ich urlaubsreif. Ich muss mich von all dem hier erholen.

Ich bin selber schuld an meiner dummen Lage, denke ich kurz, bevor mich die Müdigkeit in den Schlaf zwingt.

Warum glaube ich nur, es ständig allen recht machen zu müssen, immer leistungsbereit zu sein, ständig hundert Prozent geben zu müssen? Ich brauche zu sehr die Bestätigung anderer, dass ich gute Arbeit leiste, will unersetzlich sein, bewundert werden und so weiter. Wie idiotisch bin ich eigentlich?

„Warum hast du nie gesagt, dass es dir zu viel wird? Ich hatte doch keine Ahnung! Du hast immer alles erledigt, ich dachte, du hast alles gut im Griff." Meine Chefin sieht mich vorwurfsvoll an. „In drei Wochen sind wir daheim, du hältst doch solange durch?"

„Natürlich tu ich das. Es tut mir leid. Ich weiß auch nicht, was mit mir los war gestern. Ich wollte doch bestimmt nicht ..."

„Wir reden nicht mehr drüber, in Ordnung? Und, es muss nicht unbedingt jeder davon erfahren. Haben wir uns verstanden?"

„Nein, braucht keiner wissen."

Ich fühl mich traurig und unverstanden. Aber wenn ich es genau betrachte, verstehe ich mich selber nicht. Der Vorfall wird verdrängt, wir tun, als wäre nichts vorgefallen.

Es gilt, den Schein zu wahren, eine möglichst perfekte Rolle zu

spielen, um akzeptiert zu werden, denke ich enttäuscht.
Auf keinen Fall Aufsehen erregen oder aus der Rolle fallen. Keinen
Gesprächsstoff abgeben.

„Wozu?" frage ich mich, „Ich will, dass mich die Leute so nehmen,
wie ich bin!" Aber ich erwarte auch nicht wirklich Verständnis von
meinen Vorgesetzten, versuchen diese nicht auch wie die meisten,
ihre eigenen Probleme unter allen Umständen vor den anderen zu
verbergen?
Wer ahnt schon, dass meine Chefin Beruhigungstabletten schluckt,
um ihre Anspannung auf den Turnieren zu überstehen oder
manchmal auch nur ein Wochenende mit dem nie zufriedenen
Gatten, der doch alles zu haben scheint, Geld, Macht, ein tolles
luxuriöses Heim mit allem Materiellen, das er sich wünscht. Warum
verbringt er so viel Zeit an den wenigen Wochenenden, die er
daheim ist, in Gesellschaft von Alkohol vor dem Fernseher oder
nörgelt wegen unwichtiger Kleinigkeiten stundenlang an seiner
Familie herum?

AusZeit

Es wird September und wir kehren heim. Ich nehme mir den schon dringend nötigen Urlaub.

Und ich freue mich, Thomas wieder zu sehen. Er hat mir gefehlt, das merke ich jetzt erst richtig und umgekehrt ging es ihm genauso. Um genauer zu sein, wir sind regelrecht verrückt aufeinander, können kaum voneinander lassen und aus der eher lockeren Beziehung von vor einem halben Jahr wird etwas, das sich nach Liebe anfühlt, denke ich zumindest. So muss es sein, so schön.

Obwohl ich mit Thomas eine wunderschöne Zeit verbringe, tickt in meinem Kopf unaufhörlich der unbändige Wunsch, nach Spanien zu gehen. Nicht, um Urlaub zu machen, nein, ich möchte dort leben.

Ich träume schon so lange von diesem Land. Und Träume sind doch dazu da, um verwirklicht zu werden! Aber wie soll ich dorthin kommen? Wohin genau und um was zu machen? Ich habe auch ein wenig das Bedürfnis zu flüchten, denn im Nachhinein ist mir die Sache mit dem grünen Pulver ziemlich unangenehm.

Eigentlich will ich doch gar nicht sterben, möchte lieber noch viel mehr vom Leben erfahren. Es hungert mich regelrecht danach.

Im Stall meiner Arbeitgeber steht ein wunderschöner Andalusierhengst. Er ist für mich etwas Besonderes unter den Pferden. Schneeweiß, mit langer wallender Mähne tänzelt Gayo, wie er genannt wird trotz seiner vierundzwanzig Jahre selbstbewusst und stolz über die Koppel, galoppiert auf einen Zuruf laut wiehernd auf mich zu, um im letzten Augenblick abrupt zu bremsen und seinen Kopf vorsichtig an mir zu reiben. Und er sieht mich dabei mit seinen großen, schwarzen Augen an, Weisheit und Sanftmut liegen darin.

Eigentlich darf er nicht mehr geritten werden, wegen seines Alters und Probleme mit der Lunge. Aber er bettelt fast darum und so schwinge ich mich manchmal auf seinen Rücken. Gayo freut sich sichtlich und bietet mir sein ganzes Repertoire an angelernten Lektionen an. Er war in Spanien bis zur hohen Schule ausgebildet worden und will mir alles zeigen.

Dieses Pferd hat Freude daran, dem Menschen zu gefallen, Lob und Leckerlis bestätigen es.

Dieser temperamentvolle Schimmelhengst ist es, der in mir eine Sehnsucht weckt. Ich will nach Spanien, nach Andalusien, in die Heimat dieses prachtvollen Pferdes!

Wochenlang beschäftigt mich dieser Gedanke. Ich bekomme ihn nicht aus meinem Kopf.

An einem meiner Urlaubstage unternehme ich mit Heidi einen Einkaufsbummel in die nächste Stadt. Mit einundzwanzig genieße ich es, einen Tag lang durch Läden zu ziehen, unmöglich zu tragende Klamotten zu probieren und Unnötiges einzukaufen.

Bücher ziehen mich magisch an, also finden wir uns auch diesmal wie so oft in einer Buchhandlung wieder.

Was sticht mir sofort in die Augen?

Ein kleiner Band, gedacht für Urlaubsreisen: „Spanisch in 30 Tagen" Ich blättere darin, um das Büchlein dann doch frustriert wieder zurück zu legen.

„Da komm ich ja doch nie hin."

Aber zu diesem Zeitpunkt ist das Universum wohl schon dabei, mir bei der Erfüllung meiner Wünsche behilflich zu sein.

Nur, ich habe keine Ahnung. Sonst hätte ich das Büchlein sofort gekauft!

Als ich abends in mein Elternhaus zurückkehre, empfängt mich meine Mutter aufgeregt.

„Gut, dass du zuhause bist! Eine Frau aus Spanien hat schon zweimal angerufen. Sie hat nach dir gefragt. Sie sucht jemanden, der ihre Pferde betreut. Wie kommt die bloß auf dich?"

Mutter ist verblüfft, sie weiß wenig von den Träumen ihrer Tochter. Ich kann es kaum glauben. Wie ist das nur möglich? Kann das Zufall sein?

Klar, es fällt mir zu. Weil ich es unbedingt möchte. Meine Ungeduld wird nur kurz auf die Probe gestellt, bereits nach einer halben Stunde schrillt das Telefon. Ich stürze zum Hörer.

„Ja?" Mehr bringe ich gar nicht heraus. „Guten Tag, hier spricht Hanna Graham, ich war heute nachmittags auf dem Gestüt, auf dem Sie arbeiten. Eigentlich fuhr ich mit meinem Mann nur zufällig durch den Ort, als mir die Pferde auf der Weide auffielen."

Daraufhin betraten sie kurzerhand die Anlage und kamen mit der anwesenden Haushälterin ins Gespräch, erzählten ihr, dass sie selber drei Pferde in Spanien hätten und erwähnten nebenbei, sie suchten ein Mädchen als Au Pair zur Betreuung derselben. Und die Haushälterin, die von meinen Sehnsüchten wusste, gab ihnen ohne lang zu überlegen meine Telefonnummer.

Ich telefoniere mit meiner zukünftigen Arbeitgeberin, gewissermaßen meinem Sprungbrett in den Süden, da bin ich mir sofort sicher. Mein Herz klopft so laut, dass ich befürchte, Hanna könnte es am anderen Ende der Leitung hören. Ich kann kaum glauben, was sie mir am Telefon erzählt, klingt einfach nur perfekt. Wie bestellt, so geliefert.
Wir verabreden uns für den nächsten Tag.
Hannas Ehemann Paul ist Engländer und sie gebürtige Österreicherin. Seit zwanzig Jahren leben sie in Andalusien, wo sie an der Costa del Sol am Aufbau einer Ferienanlage beteiligt sind.

Ich verabschiede mich von meiner Familie und breche gemeinsam mit meiner Freundin Heidi und meinem pinkfarbenen VW Käfer endlich Richtung Süden auf!
Voll bepackt bis unters Dach hört man das Auto unter seiner Last förmlich stöhnen.
Es sind erst zwei Wochen seit der Begegnung mit den Grahams vergangen. Ich habe kurzerhand meinen Job gekündigt und ohne länger darüber nachzudenken, meine Abreise vorbereitet.
Diese Chance muss ich ergreifen.
Lange habe ich davon geträumt, nach Spanien zu gehen und nun fällt es mir förmlich in den Schoß. Habe ich nicht schon immer geahnt: Man braucht sich nur aus Überzeugung etwas zu wünschen und seine ganze Energie darauf richten, dann passiert es auch unter Garantie. Der Wunsch muss sich einfach materialisieren. Der hat gar keine Alternative.

Thomas ist sehr traurig und enttäuscht. „Du bist doch erst monatelang weg gewesen. Was wird mit uns?“
Er hat zu Recht Angst um unsere Beziehung. Aber ich kann nicht anders, habe Fernweh und will was erleben. Was? Das weiß ich

nicht genau, aber daheim in meinem ländlichen Umfeld ist es mir zu eintönig. Alles ist so klar vorgegeben, vorhersehbar, überschaubar. Mir fehlen Überraschungen, Geheimnisse, Nervenkitzel.

Ich bin mit meinen Gedanken längst im sonnigen Andalusien und schiebe Thomas's Einwände beiseite. „Es wird doch nur für ein halbes Jahr sein – sechs Monate – das wird unsere Liebe doch überstehen, meinst du nicht?"

Ich ahne aber bereits, dass ich damit nicht nur Thomas, sondern auch mich selber belüge. Ich bin jung und freue mich auf Abenteuer, auf Neues, Unbekanntes.

Soll ich mich denn jetzt schon fest an einen Mann binden? Thomas will mir gerne einen Ring an den Finger stecken, aber ich lehne das ab, ich bin doch eben einundzwanzig, er erst neunzehn. Für mich ist das viel zu jung, um sich fest zu binden. Ganz leicht fällt es mir aber nicht, ihn zurück zu lassen.

Noch nie habe ich so zärtliche Gefühle für jemanden gehabt wie zu diesem großen Jungen. Er ist lustig, immer gut gelaunt und schafft es, in mir Empfindungen auszulösen, die mein Innerstes aufwühlen. Es ist schön, berauschend, ich stehe unter Drogen, unter der Liebesdroge.

Ich bin verliebt, sehr sogar, aber nicht genug, um meine Träume deswegen aufzugeben. Obwohl ich ihn sicher sehr vermissen werde. Doch ich fürchte, Wichtiges zu versäumen, wenn ich nicht die weite Welt kennen lerne. Ich will nicht wie die meisten Menschen in meiner Umgebung leben, die sich durch Traditionen bestimmen lassen und tun, was alle tun, weil „es" sich so gehört.

Ich habe schon immer Fesseln durchbrechen wollen, die mir andere auferlegen wollten, weil ich diese für mich einfach nicht richtig empfinde. Ich will mein eigenes Leben erfahren mit all den Möglichkeiten, die sich mir bieten. Will keine Zeit mehr mit Grübeln, Denken, Zweifeln vergeuden, sondern meine Träume erleben.

Heidi hat sich kurz entschlossen zwei Wochen Urlaub genommen, um mich zu begleiten. Ich freue mich, denn zu zweit ist die Autofahrt an die 3000 km entfernte Costa del Sol natürlich einfacher zu bewältigen.

Nie zuvor habe ich eine so weite Autoreise unternommen. Doch

die spöttischen oder negativen Voraussagen von Bekannten und Familienmitgliedern prallen an mir ab. „Mit diesem Schrottauto kommt ihr doch nicht mal über die österreichische Grenze!“ Oder „Ihr Mädels landet womöglich in Griechenland, weil ihr keine Karten lesen könnt ...“
Ich lasse mich nicht beeinflussen. „Auch gut, dort ist es bestimmt genauso schön!“

***

Unser Weg führt uns über Südtirol nach Genua, wo wir unsere erste Nacht im Auto direkt vor einer Polizeistation verbringen, nachdem wir eine Stunde lang von jungen Italienern in einem weitaus schnellerem Auto verfolgt, belästigt und am Schluss schon richtig in Panik versetzt worden waren.
Es begann mit einem albernen Flirt auf der Autobahn zwischen uns und den jungen Männern in ihrem Fahrzeug. Vor dem Gebäude der Carabinieri geben die Typen endlich auf und verschwinden wütend gestikulierend. Nach diesem Schreck fahren wir im Morgengrauen der Küste entlang über Monte Carlo, Nizza nach Barcelona, Alicante und Almeria und beschließen, nie wieder die Blicke von männlichen Autofahrern zu erwidern. Wir meiden mit Absicht die Autobahnen, um Mautgebühren zu sparen. Und auf diese Weise werden wir durch die vorüberziehende Landschaft verzaubert. Wir passieren kurvenreiche enge Straßen, das Meer immer zur Linken. „Einfach romantisch!“ Ich bin glücklich.

Wir haben es nicht eilig. Erst nach fünf Tagen kommen wir im Oktober 1987 in Nerja an.
Ich habe Bauchweh. Was wird mich hier erwarten? Ich verstehe kein Spanisch! Allmählich verspür ich leise Angst.
Auf der Autofahrt habe ich brav gelernt, Heidi mich unermüdlich Vokabeln geprüft. Aber diese kurze Zeit reichte nur für einige wenige Wörter. Zum Glück sprechen Hanna deutsch und Paul englisch, das hilft mir am Anfang.
Die erste Woche erlebe ich mit Heidi als Urlaub. Strand, Disco und Ausflüge mit den Grahams, dazwischen gewöhne ich mich an meine neuen Aufgaben auf der kleinen Finca.

Die sind schnell erledigt: Vormittags füttern, ausmisten und die Pferde longieren oder reiten. Je nach Pferd oder Wunsch der Chefin. Neben den Pferden betreue ich noch zwei Hunde und einige Katzen. Sie gehören mit zur Familie der Grahams.
Daneben halte ich die kleine Anlage mit Hilfe eines älteren Spaniers in Schuss, ein Kinderspiel.
Heidi kehrt nach einer Woche mit einem Bus nach Österreich zurück, was ich bedauere. Wäre schön gewesen, sie weiterhin hier zu haben.

Bis November ist es an der Costa del Sol noch sehr warm, darum liege ich nachmittags meist am Strand und abends nach dem Essen bei den liebenswerten Grahams suche ich manchmal das Nachtleben.
Hanna hat sich leider ein Bein gebrochen und kann nur selten zur Finca kommen. Aber die Arbeit mit den Tieren macht mir auch alleine Spaß und die drei Hispano-Araber sind bald wie meine eigenen.
Im Feriendorf El Capistrano gibt es eine kleine Bar „la Cueva" – die Höhle – hier fühle ich mich schon bald pudelwohl. Dort arbeitet auch ein wirklich süßer, gut aussehender junger Spanier, Juan. Er kümmert sich gerne um mich. Es ist doch ein bisschen einsam in diesem fremden Land, vor allem jetzt, wo meine Freundin nicht mehr da ist. Schlechtes Gewissen Thomas gegenüber plagt mich, aber nur kurz. Ich liebe ihn doch!
Aber er ist so weit weg und ist es nicht natürlich, dass ich trotzdem Verlangen nach menschlicher Wärme habe? Körperlicher männlicher Wärme? Diese Liaison dauert auch nur kurz, wirklich ganz kurz.

Bei einem meiner zahlreichen Ausritte, bei dem ich die Berge hinter Nerja erkunde, begegnet mir eines Tages ein rothaariges Mädchen auf einem imposanten Schimmelhengst.
Das ist der Beginn einer langen schönen Freundschaft.
Natalia ist neunzehn Jahre alt und lebt seit zwei Jahren hier in der Nähe. Aufgewachsen ist sie in der Nähe von Frankfurt in Deutschland, doch mit neunzehn verließ sie ihre Heimat und war hier im Nachbardorf gelandet.

Ihr Vater ist Spanier, sie kennt das Land, wenn auch hauptsächlich den Norden und auch sie liebt dieses Land. Natalia macht ihr Abitur in Nerja, nebenbei verdient sie Geld in einem Immobilienbüro.

Meine neue Freundin nimmt mich mit zu den regelmäßigen Treffen der hier verstreut lebenden jungen Aussteiger, allesamt Ausländer. Fast täglich wird irgendwo gegrillt, Tee gekocht oder einfach nur gemütlich zusammen gesessen und gequatscht und Joints gedreht. Viele der hier lebenden jungen Leute kommen aus Deutschland, nehmen eine Auszeit, meist zwischen Schule und Studium oder manche sind einfach hängen geblieben, weil sie mit Spaniern liiert sind oder dieses Leben hier nicht mehr aufgeben wollen. Bei einigen sind Alkohol und Drogen zum Problem geworden, das sich aber hier fern der Heimat ohne mahnende Familienangehörige besser verdrängen lässt.

Es ist eine nette Clique, ich bin glücklich, neue Freunde gefunden zu haben.

Obwohl ich bei Hanna und Paul aufgenommen wurde, als wäre ich ein Teil der Familie und nicht eine Angestellte, fehlten mir doch Gleichaltrige. Und vor allem Gleichgesinnte – Davongelaufene, Ausgestiegene.

Mit Natalia unternehme ich von da an immer wieder Ausritte durch das karge Hinterland. Wir erkunden die Berge über steinige Pfade und ausgetrockneten Flüsse. Abends setzen wir unsere Erkundungstouren oft durch die verschiedensten Kneippen und Discos der Umgebung fort.

Nach den vereinbarten sechs Monaten als Aupair bei Hanna und Paul beschließe ich, meiner Heimat nur einen Kurzbesuch abzustatten. Danach will ich schnell wieder nach Andalusien zurück.

Ich habe mich in dieses reizvolle Land verliebt. Hanna hat mir viel gezeigt auf zahlreichen Tagesausflügen –Sevilla, Sierra Nevada, weiße Dörfer, schöne Strände ...

Um mich daheim auch sicher nicht umstimmen zu lassen, lasse ich mein Auto bei Natalia und buche einen Flug Málaga – Wien und retour. Einen Monat bleibe ich in Österreich, wohne bei meinen Eltern und verbringe die meiste Zeit mit Thomas. Ein Mädchen, das viel Zeit auf seinem Reiterhof verbringt, verfolgt unser verliebtes Geplänkel mit eifersüchtigen Augen. Das fällt mir sofort auf. Wir

Frauen sind wachsam, haben einen Blick dafür.

Mir ist vollkommen klar, wenn ich wieder weg gehe, würde sie ihre Chance nützen - und ich Thomas verlieren.

Ich nehme es in Kauf, habe mich entschieden und so unsere Zukunft in diese Bahnen gelenkt. Wir erschaffen unsere Zukunft durch unsere eigenen Entscheidungen – wir nützen nur eine Möglichkeit von vielen. Und meine heißt im Moment Spanien.

So schön und leicht habe ich es mir vorgestellt. Bevor ich nach Österreich geflogen war hatte ich Natalias Wohnung übernommen. Sie ist zu ihrem neuen Freund Antonio gezogen.

Ich sehe diese Beziehung mit gemischten Gefühlen, bin der Meinung, sie seien zu verschieden und beide außerdem viel zu impulsiv und erst der Altersunterschied, Antonio ist doch schon Mitte dreißig! Vielleicht bin ich auch nur eifersüchtig, denn Natalia hat nun verständlicherweise weniger Zeit für ihre Freundin - für mich.

Ich bin von Nerja, das direkt am Meer liegt, in das sechs Kilometer entfernte Frigiliana gezogen. Ein andalusisches Dorf mit blühenden Bougaviellen an den weiß gestrichenen Hauswänden. Oliven-, Orangen- und Avocadobäume überziehen die bergige Umgebung. Durch Frigiliana führt nur eine einzige Straße, direkt an dieser befindet sich meine Wohnung.

Sie liegt in einem alten Haus, ist einfach möbliert, klein und bescheiden, doch für mich vollkommen. Die meisten Häuser sind an den Berghang gebaut und nur über gepflasterte Treppen und enge Gässchen zu erreichen.

Ich muss so schnell wie möglich Arbeit finden, aber das wird wohl nicht schwierig sein. Denke ich! Es ist Anfang Juni, die Temperaturen hochsommerlich und Touristen überfallen sämtliche Strände, Lokale und Sehenswürdigkeiten. Frigiliana ist ein beliebtes Ausflugsziel, beworben als schönstes weißes Dorf Andalusiens. Es ist typisch hier, alle Häuser weiß zu streichen, aus der Ferne sieht man nur einen weißen Fleck inmitten der Berge.

Vier Wochen sind vergangen, und noch immer bin ich ohne Job.

Das Ersparte ist aufgebraucht, meine Mutter überweist mir einen größeren Betrag auf eine Bank in Nerja, doch es vergehen zwei Wochen und das Geld scheint spurlos verschwunden. Niemand weiß, wo es geblieben ist. Ich muss mich gedulden. Das aber ist schwierig, mein VW Käfer hat Durst und ich Hunger. Ich kann doch nicht ständig Natalia anpumpen.

Da lerne ich am Strand Oliver kennen, einen wohlhabenden Deutschen. Er ist Anfang Vierzig und besitzt ein Haus in Frigiliana. Und er bringt mich auf eine Idee, als er es mir zeigt.

Eigentlich will mir Oliver ja nur das Schlafzimmer zeigen und was man da alles anstellen könnte, doch das interessiert mich weniger, zumindest nicht mit ihm als Hauptdarsteller.

Im Erdgeschoss befindet sich ein ungenützter Raum mit einem separaten Eingang. Er ist ungefähr dreißig Quadratmeter groß mit Toilette und einem kleinen Keller. Ich würde nicht länger meine Zeit mit der aussichtslosen Suche nach einem Job verbringen. Dieser Raum ist wunderbar geeignet für ein kleines Lokal. Das ist die Idee!

Olivers Haus liegt an der Treppe zum Aussichtspunkt des Dorfes. Nach fast hundert Stufen sind die Touristen bestimmt durstig und würden sich hier gerne stärken.

Ich sehe alles vor mir, eine hübsche Theke, Barhocker und kleine Stehtische. Das wird funktionieren! Mit Oliver treffe ich ein annehmbares Abkommen. Er verlangt für diese Saison keine Miete, bei einer Beendigung des Mietvertrages ginge aber alles Investierte in seinen Besitz über außer wir fänden einen Nachmieter.

Natalia ist begeistert und will sich an dem Projekt beteiligen. Ich brauche sie auch, zu zweit ist es einfacher. Außerdem ist mein Spanisch noch immer miserabel und sie spricht es perfekt.

Am Ayudamiento, dem Gemeindeamt stellen wir einen Antrag für eine Konzession. Ein Nachweis über die Befähigungen im Gastgewerbe wird von Ausländern nicht verlangt. Ohne abzuwarten, ob dem Antrag auch stattgegeben wird, beginnen wir mit den Umbauarbeiten.

Die Einheimischen gaffen. Wir, zwei junge Damen mit einem geliehenem Pferd, den Packsattel gefüllt mit Sand, Zement und Ziegeln. Einen Tag lang, die Treppen zum Lokal hoch und runter. Beim Mauern der Theke unterstützt uns ein geschickter deutscher Freund.

Die Wände weiß gestrichen, Bilder und Vorhänge aufgehängt, Einrichtungsgegenstände herbei geschafft. Der Getränkehändler

bringt mit seinem Muli den Kühlschrank, einen hübschen Bier-
zapfhahn und die bestellten Getränke. Unsere eigene kleine Bar
und endlich: Eröffnung!
Wir tanzen zu Sevillianamusik und warten auf den erhofften
Gästeansturm. Nachbarn lugen durch die Tür, seit Tagen haben
sie unser Tun neugierig verfolgt, die älteren Frauen, oft schwarz
gekleidet, schauen argwöhnisch. Zum Betrauern gibt es immer
jemanden.
„La Piña" - nennen wir unser Lokal – die Ananas.
Wir wollen etwas Besonderes bieten, frisch gepresste Säfte, auch
gemixt mit Gin, Wodka oder Rum aus der Karibik oder allem
zusammen. Und natürlich „Sangria". Zum Knabbern reichen wir
Tapas, kleine Portionen Käse, Oliven oder andere mundgerechte
Happen. Was wir gerne essen, das muss auch den Gästen schmecken,
so unsere Devise. Viele unserer Freunde aus den Cortijos, den
kleinen, verstreut liegenden Häuschen in den Bergen kommen zur
Eröffnung neben Dorfbewohnern und Urlaubern.
Es läuft ganz gut. Unsere Mixgetränke sind ein Renner, zumindest
in den ersten Wochen. Doch Gewohnheiten setzen sich bald durch
– Bier, Cola und Wein.
Natalia und ich betreuen die Bar abwechselnd, eine morgens von
zehn Uhr bis siebzehn Uhr, die zweite Schicht dauert dann meist
bis Mitternacht, manchmal auch länger.
Ich habe nun auch drei Mal die Woche Arbeit als Kellnerin in einer
großen Freiluft-Disco, das macht sogar Spaß. Diesen Zuverdienst
kann ich mir nicht entgehen lassen, die Einnahmen der kleinen Bar
reichen doch nicht für Zwei.
In der Nähe der Disco lebt Robin, eine Engländerin und Freundin
Natalias. Sie hält auf ihrer kleinen Finca ein paar Pferde, hat aber
kaum Zeit, sie zu reiten. So darf ich mir jederzeit eines davon
leihen und packe oft gleich abends, bevor ich den Dienst in der
Diskothek antrete, Sattel, Zaumzeug und Reithose in mein Auto.
Nach Arbeitsende, meist erst bei Sonnenaufgang, hole ich Adriano,
Kevins hübsches spanisches Pferd aus dem Stall. Ich liebe es,
den Strand entlang zu galoppieren, im seichten Wasser, das uns
nass spritzt. Morgens ist es hier einsam und deshalb wunderbar.
Abgesehen von der beruhigenden Geräuschkulisse von futter-
suchenden durch die Lüfte ziehenden kreischenden Möwen und

dem leisen Rauschen der sanft ankommenden Wellen herrscht wohltuende Stille. Gestört werden wir höchstens von Fischern, die besonnen ihrer Arbeit nachgehen, Netze langsam einrollen und zur Ausfahrt richten oder frühmorgendlich langsam dahin schreitend, nach achtlos Weggeworfenem Ausschau haltenden Müllsammlern. Nach so einem schnellen Galopp gibt es kaum Schöneres, als Adriano abzusatteln, mich bis auf meinen Bikini der Kleider zu entledigen und ins Meer zu reiten. Bis mein Pferd den Boden unter den Füßen verliert. Mich an seiner langen Mähne festhaltend, umklammere ich mit den Beinen seinen Bauch um nicht verloren zu gehen. Mit kraftvollen Bewegungen schwimmt er unter mir durch die Wellen, ein herrliches Gefühl von Freiheit und Glück. In einigen Stunden schon wird der Strand voll von sonnenhungrigen Urlaubern sein, um diese frühe Tageszeit aber gehört er mir und meinem Pferd. Ich schrecke hoch.

So gut habe ich geschlafen, die Nacht war ziemlich kurz gewesen. Erst um zwei Uhr nachts war ich von einer Party in einem Cortijo heimgekehrt. Was hat mich geweckt?
Nun ist es wieder ruhig, wahrscheinlich habe ich mich getäuscht, aber dieses Gefühl, jemand sei im Zimmer. Ich schließe wieder die Augen, wäre beinahe eingeschlafen, da lässt mich eine leise Stimme auffahren. „Margarita" flüstert jemand direkt neben mir „Margarita"
Es klingt werbend, flehend. Ich erstarre. Mir wird eiskalt.
Und tappe nach dem Lichtschalter. Vor mir steht, besser wankt von einem Bein zum anderem sichtlich betrunken, ein Hüne von zwei Metern.
Es ist Michael, ein Deutscher, den ich flüchtig kenne. Er war ebenfalls auf der Party des gemeinsamen Freundes gewesen.
Michael lebt in den Bergen hinter Nerja in einem kleinen gemieteten Häuschen, ist einer der Aussteiger. Wie ich.
„Was willst Du hier? Verschwinde, aber sofort!"
Ich habe doch zugesperrt, wie immer, oder? Hab ich das denn vergessen? Unmöglich. „Ach Margarita, ich will zu Dir! Darf ich?"
Er bettelt und bemüht sich, auf den Beinen zu bleiben. Kommt näher. „Wie bist Du rein gekommen? Hau sofort ab oder ich schreie!"

Ich bin wütend, ziehe das Bettlaken ganz fest um meinen Körper. Wegen der unerträglichen Hitze schlafe ich wie immer nackt unter dem Laken. „Ich weiß doch, du willst mich auch, komm lass mich zu dir ins Bett!" fleht er lüstern. „Du spinnst wohl, raus mit dir!" „Ja, komm schon, das mag ich. Sei streng zu mir! Du bist so eine starke Frau. Bitte!" Soll ich lachen oder mich fürchten?

Er kommt näher, will sich auf die Bettkante setzen, fällt aber dabei hin, direkt vor mein Bett. Als er sich wieder aufrichtet, schiebt sich seine Hand unter mein Laken. Das ich fest umklammert habe. „Raus, Verschwinde, aber schnell!" Mit aller Kraft schlage ich seine Hand weg. „Ja, ja, schlag fester zu, ja!" Entsetzt bemerke ich, dass ihn das nur noch mehr anstachelt. „Du bist total verrückt, ich will dich nicht, hörst du, geh endlich oder ich schreie um Hilfe!" Nun zögert er doch.

„Na gut, nicht schreien, ich geh ja schon, beruhige dich!" lenkt er plötzlich ein. „Bist du sicher? Willst du mich nicht wenigstens noch mal ein bisschen schlagen? Hm?" „Nein, raus hab ich gesagt!"

Endlich macht er sich davon, taumelt die Treppe hinunter.

Ich höre ihn am Türschloss hantieren, gleich darauf wieder polternd hochkommen. Ich versinke im Bett, zumindest will ich das. Warum nur hat mein Schlafzimmer keine Tür? Nur ein Vorhang trennt es vom Vorraum.

Lautes Geräusch aus dem Wohnzimmer. Mein Besucher macht sich jetzt am Fenster zu schaffen. Was hat er vor? Er wird doch nicht …?

Tatsächlich, ich kann einen Blick in seine Richtung erhaschen, er schwingt langsam seine Beine über das Fenstersims und verschwindet. Ein Plumps und Stille. Als wäre er nie da gewesen.

Wegen der großen Sommerhitze schlafe ich immer bei offenem Fenster und wäre nie auf die Idee gekommen, jemand könnte in die Wohnung im ersten Stock eindringen. Für einen sportlichen Menschen ist das aber kein Problem, unter dem Wohnzimmerfenster befindet sich ein weiteres vergittertes Fenster der Wohnung meiner Vermieterin. Michael war auf das eiserne Gitter gestiegen und hat sich hoch gezogen. Für einen Zwei Meter Mann ein Kinderspiel. Aber derart betrunken, hätte er leicht abstürzen können. Das ist mir aber in diesem Moment herzlich egal. Na ja, ein wenig leid getan hätte er mir schon.

Einige Dorfbewohner sind zu dieser frühen Stunde bereits unter-

wegs, zur Arbeit oder wohin immer.
„Buenas dias!“ höre ich Michael unten lallen. Ich grinse. Soll ich
mich schämen? Was denken sich die Frühaufsteher, die den Mann
aus dem Fenster springen sehen?
Aber eigentlich ist mir das egal, denke ich noch und bin schon
wieder erleichtert eingeschlafen, nachdem ich sicherheitshalber
schnell noch das Fenster verschlossen habe.

Ein paar Tage später treffe ich Michael zufällig wieder.
Ich will nicht mit ihm reden, will schon kehrt machen und flüchten,
er aber kommt reumütig auf mich zu. „Es tut mir so leid, ich
war betrunken.“ „Das hab ich bemerkt!“ „Ich wollte dich nicht
erschrecken, verzeih mir und äh, bitte, kannst du das Ganze für
dich behalten? Du weißt schon ... ich will ja nicht zum Gespött
werden.“
Michael ist nun ziemlich kleinlaut und ich sehe ihm an, er fürchtet
sich wirklich davor, dass ich ihn bei den gemeinsamen Freunden
lächerlich mache. „Ist schon gut, reden wir nicht mehr darüber,
aber wage nie wieder so etwas!“ Ich drehe mich um und lasse ihn
stehen. Und muss dabei grinsen.

***

Die Zeit vergeht schnell.
Thomas hat sich angekündigt. Er will mich besuchen kommen.
Die Freude ist groß, das Wiedersehen stürmisch. Wir fallen über-
einander her und in einen Taumel hinein, einen Liebestaumel, um
genau zu sein.
Nur irgendwie gehört er nicht hierher in mein neues Leben.
Ich schäme mich über diesen Gedanken, aber Thomas kommt mir
plötzlich so jung und unreif vor. Gut, ich bin zwei Jahre älter, aber
trotzdem habe ich kein Recht, so zu denken.
Der Altersunterschied hat mich doch zu Zuhause nicht gestört.
Warum jetzt? Habe ich mich denn so sehr verändert? Es sieht ganz
danach aus.
Als Thomas nach einer Woche abreist, bin ich traurig und heule
nachts verzweifelt in mein Kissen. Aber ich habe das Gefühl, ich
weine nicht nur deshalb, weil er heimgefahren ist, mich verlassen

hat, obwohl das in Wahrheit doch ich getan habe, sondern weil ich weiß, diese Beziehung ist vorbei, sie ist nicht mehr die Gleiche wie zuhause. Sie hat sich verändert. Ich habe mich verändert.

Die Traurigkeit vergeht und ich bemühe mich, nicht zu oft an ihn zu denken.

Der Sommer neigt sich seinem Ende zu.

Mitte Oktober sind Touristen nur mehr vereinzelt anzutreffen.

„La Piña" ist nun hauptsächlich ein Treffpunkt der männlichen Dorfbevölkerung. Deren Ehefrauen beginnen sich immer öfter zu beschweren, dass ihre Angetrauten zu viel Zeit bei den zwei „Rubias", den Blondinen verbringen. Die Einkünfte der Bar sind mit Ausbleiben der Touristen beträchtlich gesunken. Die dem Alkohol in Übermaß zugeneigten Spanier beginnen uns zu nerven. Ein Entschluss muss gefasst werden. Sollen wir die Bar weiterführen? Trotz minimalem Gewinn? Natalia hat ihren sicheren Job im Immobilienbüro, ich dagegen rechne jederzeit damit, dass die Disco schließt, sie würde erst im April wieder öffnen. Ich denke ernsthaft darüber nach, doch nach Österreich zurückzukehren. Zumindest den Winter über. Aber will ich das?

Wartet dort nicht Thomas auf mich?

Vielleicht hat er sich bereits mit einer Anderen getröstet. Das Bild des Mädchens, das ich bei meinem Heimatbesuch sah, taucht in meinem Kopf auf.

Würde ich verstehen, denn so genau habe ich es mit der Treue auch nicht gehalten. Das ist eben nicht so einfach, die Männer hier sind gut aussehend und temperamentvoll und charmant ... Zumindest ist das der erste Eindruck.

Ich denke an den Kellner Juan, diesen Don Juan, wie passend - oder an Manolo mit seinem glutvollen Blick, muskulösen braungebrannten Körper ... Mit ihm habe ich mich einige Wochen getroffen. Waren wir alleine, war er voller Hemmungen, im Bett schüchtern und unsicher, so gar nicht passend zu seinem Erscheinungsbild und wir verbrachten die Nächte nach dem Motto: Fünf Minuten Sex, Umfallen, Schlafen, Schnarchen.

Und unsere Unterhaltung war ebenso schwierig, beinahe unmöglich, mein Spanisch war noch holprig, sein Dialekt überforderte mich total und er konnte sich kaum an einige in der Schulzeit erlernten englischen Vokabeln erinnern.

Also gute Voraussetzungen für eine nur sehr kurze Beziehung, die diese Bezeichnung gar nicht verdient hat.

Ich einige mich mit Natalia. Wir wollen unsere Karriere als Kneipenbetreiber beenden und einen Nachmieter suchen, der unsere Investitionen übernimmt, denn Oliver will uns keine Ablöse zahlen. Ihm liegt daran, die kleine Bar weiter zu vermieten, erhofft sich irgendwann vielleicht doch Einnahmen daraus.

Neues Leben

Ich verbringe einen spätsommerlichen wohlig warmen Nachmittag an meinem Lieblingsstrand, der Playa Burriana.

Dieser ist nur über eine staubige Schotterstraße zu erreichen. Fischerhütten, Boote, in der Sonne aufgespannte Netze, dazwischen ein paar einfache Restaurants. Treffpunkt für viele meiner Bekannten ist „Ayo" mit seiner Paella in riesiger Pfanne auf offenem Feuer.

Bald wird es vorbei sein mit dieser Idylle, Pläne von einer gepflasterten Strandpromenade mit asphaltierter Straße und modernen Lokalen und Geschäften prangen bereits auf einer überdimensional großen Tafel.

Das macht mich traurig, in einigen Jahren wird sich wohl kaum noch jemand an dieses wunderschöne Plätzchen erinnern. Ein Strand wie überall wird entstehen, verschwinden dagegen der Flair des Einfachen und Ursprünglichen. Für die Einheimischen ist es sicher eine Verbesserung, ein Aufschwung, mehr Lokale, mehr Platz für jede Menge Urlauber, mehr Umsatz.

Nach ein paar Stunden Entspannung am Strand steige ich in meinen VW Käfer und mache mich auf den Weg nach Hause.

An der Abzweigung Richtung Frigiliana steht ein junger gut aussehender Mann und streckt bittend eine Hand aus.

Anhalten? Männer nehme ich nicht gerne mit, scheint mir ein unnötiges Risiko.

Aber der sieht einfach zu gut aus, groß, braungebrannt, muskulöser Körper, Bartstoppeln im Gesicht und auf dem Kopf nicht viel mehr und gut geschnittenes, hübsches Gesicht Darauf liegt ein breites Lächeln.

Ich trete auf die Bremse. Immerhin sind es sechs Kilometer bis Frigiliana, viel zu weit zu Fuß für den Hübschen.

„Hola!" seine Stimme ist angenehm tief, sein Augenaufschlag mit den langen Wimpern unwiderstehlich. Und dieser Blick aus den Tiefen seiner schwarzen Augen.

„Me llevas a Frigiliana?" - Nimmst Du mich mit? Natürlich! „Claro!" Auf der kurzen Fahrt erfahre ich einiges. Er heißt Luis, kommt aus Uruguay in Südamerika und lebt seit sieben Jahren in Spanien. Im Alter von siebzehn Jahren hat er ziemlich überhastet seine Heimatstadt Montevideo verlassen nachdem er seine schulische Laufbahn abgebrochen hatte und war durch den Kontinent getrampt. In Peru wurde ihm auf der Straße ein sehr günstiges One-Way-Ticket nach Spanien angeboten.

In den darauf folgenden Tagen kreuzen sich unsere Wege ständig. Ich begegne ihm am Strand, in Frigiliana, wo er in einer kleinen schäbigen Wohnung lebt. Und er steht immer wieder an der Straße, um mitgenommen zu werden. Warum nur komme ich immer im richtigen Moment gefahren? Zufall!
Ich habe es gar nicht mehr eilig mit meiner geplanten Rückkehr nach Österreich.
Luis schlägt sich mit verschiedenen Jobs durch, mal als Automechaniker, als Koch oder Kellner und verkauft Bücher, Räucherstäbchen, indische Kleidungsstücke im Auftrag der Hare Krishna Bewegung.
Erst später erfahre ich, dass Luis auch mit anderen Dingen Handel treibt abends an den Stränden oder in Bars, mit Haschisch und Marihuana. Die Gewinnspanne ist damit einfach höher. Und die Touristen gute Kunden.
Aber da ist es längst zu spät, ich bin bereits bis über beide Ohren verliebt!

Die Disko hat nur mehr an drei Abenden geöffnet und ist dabei immer schlechter besucht. Sparen ist angesagt. Ich muss etwas unternehmen, „la Piña" bringt kaum noch was ein. Ich bin bereits mit der Miete in Verzug, der Vermieterin gehe ich aus dem Weg. Leise schleiche ich tagsüber in die Wohnung, um sie nicht auf mich aufmerksam zu machen.
„Wann bezahlst Du? Ich brauche das Geld, sonst vermiete ich an jemand anderen!" Sie ist schon ungehalten, offiziell ist Natalia die Mieterin und die will die Wohnung auch sicherheitshalber behalten. In ihrer temperamentvollen Beziehung mit Antonio kommt es immer öfter zu lautstarken Auseinandersetzungen. Sie spricht bereits von einer möglichen Trennung.
Ich erzähle Luis von der Bar. Er ist begeistert und besucht mich dort noch am gleichen Abend in Begleitung seines Freundes Roberto aus Costa Rica. Gemeinsam wollen sie unsere Bar übernehmen.

Doch es stellt sich heraus, dass keiner der Beiden die geforderte Ablöse bezahlen kann, obwohl wir nicht viel verlangen. Sie haben aber nichts, leben in den Tag hinein.
Oliver will die zwei auch nicht als Nachmieter haben. Er meint, er wolle keine Penner und Drogensüchtige.
Ich bin wütend, Oliver ist doch nur eifersüchtig.
Vor einiger Zeit war ich nach zu vielen gemeinsamen Gläsern Wein in seinem Bett gelandet. In einem kurzen lichten Augenblick merkte ich, was ich im Begriff war zu tun. Ich war nackt, Oliver irgendwie überall gleichzeitig an mir dran. Wie konnte das passieren? Er war doch überhaupt nicht mein Fall.
Nie werde ich sein beleidigtes, verdutztes Gesicht vergessen, als ich mich, gerade als er sich seiner Kleider entledigt hatte und sich auf mich sinken lassen wollte, blitzschnell meine Sachen aufsammelte und mich mit der fahlen Ausrede: „Hat gar nichts mit dir zu tun, ich kann das jetzt nicht. Tschüss!" aus dem Staub machte.
Ich habe seine männliche Ehre sehr gekränkt, meinte er später, doch ich wusste, er hatte mich gezielt betrunken gemacht, um mich rum zu kriegen. Und das mag ich gar nicht.
Ich suche mir die Männer lieber selber aus.

Und ich hab meine Wahl getroffen. Luis!
Plötzlich ist alles anders, ich zittere und hab Bauchweh, wenn ich nur an ihn denke. Und das tu ich eigentlich ständig. Er geistert in meinem Kopf herum. Kann ihn nicht mehr daraus vertreiben, kann es nicht erwarten, ihn wieder zu sehen, jauchze insgeheim, wenn er wieder mal als einsamer Anhalter am Straßenrand steht und bringe bei einer Unterhaltung mit ihm vor lauter Herzklopfen kaum einen zusammenhängenden, halbwegs verständlichen Satz heraus.
Wie kann ich mich nur ausgerechnet jetzt verlieben?
Weil ich im Grunde meines Herzens gar nicht nach Österreich zurück will? Zu Thomas, der mir noch immer schreibt und wartet.
Ich bin mir nicht sicher.
Wie soll mein Leben daheim aussehen? Nehme ich Luis als Ausrede, um weiterhin in Spanien bleiben zu können? Was ist nur los mit mir?
Egal, es ist einfach herrlich.
Wir beginnen uns zu verabreden, Luis verschlingt mich mit seinen

Blicken, bleibt aber auf Distanz. Zu jedem Treffen bringt er mir kleine Geschenke, meist selbst gefertigten Schmuck mit hübschen Halbedelsteinen aus Südamerika. Jedes Stück ist wunderschön, er verkauft Derartiges auch am wöchentlichen Markt an Urlauber. Und er verwöhnt mich mit indischer - vedischer Küche. Zaubert vegetarische Köstlichkeiten, die auf der Zunge zergehen. Liebe geht bekanntlich durch den Magen.

„Wann küsst er mich endlich?" Ich werde langsam ungeduldig, ich bin so eine Zurückhaltung nicht gewohnt, normalerweise muss man sich die aufdringlichen Spanier mühsam vom Leibe halten. Soll ich den ersten Schritt machen? Ich trau mich nicht, bin plötzlich sehr unsicher und schüchtern.

***

Luis versteht es gut, das Feuer langsam zu schüren. Wir unternehmen eine Tour in die Berge hinter Frigiliana, ich auf dem Rücken von Adriano, Kevins stolzen Andalusier und Luis auf Esmiralda, einer Eselstute von Antonio, einem alten Spanier aus Frigiliana. Antonio ist ein liebenswürdiger Alkoholiker mit einem großen Herzen für alle, verursacht durch sein Alter und den schweren Lebensbedingungen eines kleinen Campesinos ähnelt sein Gesicht gegerbten Leder. Normalerweise dient ihm Esmiralda als Lastesel zur Feldarbeit im steilen und steinigen Gelände rund um das Dorf. Mit von der Truppe ist noch Oskar, mein kleines Hündchen. Ein Yorkshireterriermischling, der mir schon vor Monaten im Dorf zugelaufen ist. Antonio hat sich davor um ihn gekümmert und so machte ich mit dem Mann Bekanntschaft. Oskar ist mir nach anfänglichem Zögern treu ergeben und weicht mir nicht mehr von der Seite. Mit seinen kurzen O-Beinen, die Rückenhaare drohend aufgestellt, rast er knurrend auf Fremde oder große, ihm kräftemäßig weit überlegenen Hunden zu, als wäre er ein Wolf. Mein edler Beschützer! Zumindest zeigt er seine Bereitschaft, mich notfalls unter Einsatz seines kleinen Hundelebens zu verteidigen. Dafür muss ich ihn einfach lieben.
Ist Oskar müde vom Laufen, springt er auf ein kurzes „Hopp!" am Pferd hoch und ich fange ihn, weil er es selten bis ganz oben

schafft. Stolz thront er dann vor mir im Sattel. Sogar im Galopp scheint es ihm zu gefallen, wobei ich ihn mit einer Hand festhalte, damit er nicht runterfällt. Trotzdem kommt es vor, dass ich ihn auch mal verliere.

Drei Tage soll unser Wanderritt dauern. Ziel des ersten Tages ist ein verlassenes Dorf hinter Frigiliana, das nur über einen schmalen Pfad erreichbar ist. Die ehemals einfachen Häuser der ins Tal umgesiedelten Bewohner ragen nur noch als Ruinen aus dem Boden. Luis und ich binden unsere Tiere an Bäume und begeben uns auf die Suche nach dem „besten" Haus. Wir finden eines, dessen Holzfußboden noch nicht von Würmern zerfressen und moderig ist und sogar noch zur Hälfte ein Dach besitzt. Hier bleiben wir.
Wir sammeln herumliegendes trockenes Holz und entzünden ein Lagerfeuer gleich in „unserem Haus", in dessen dachlosen Teil.
Bei einbrechender Dunkelheit sitzen wir gemütlich am Feuer, als Oskar mit lautem Bellen einen Besucher ankündigt. Dünn, mit eingefallenen Wangen und schmutzigen an den Hüften hängenden Jeans und einem T-Shirt, dass auch schon bessere und lückenlosere Zeiten gesehen haben muss, steht ein Mann unbestimmbaren Alters vor uns. Er ist Engländer und lebt schon seit einem halben Jahr hier als Einsiedler, erzählt er. Noch bevor er sich einen Joint dreht, ist mir klar, warum er derart zittert und schlecht aussieht. Dankbar nimmt er unsere Einladung zum Abendessen und Tee an. Er hat Appetit und wir werden am nächsten Tag etwas fasten müssen. Nach einigen Joints, die er mit Luis raucht, verschwindet er endlich in seine eigene Hütte.
Ich will niemanden hier haben, niemanden, der unsere Zweisamkeit stört.

Nachts droht das Feuer zu erlöschen und es wird richtig kalt.
Luis bricht kurz entschlossen einige halbmorsche Balken vom Dach und legt sie in die Glut, wo sie gleich Feuer fangen.
„Hoffentlich stürzt jetzt nicht das ganze Dach ein!" sorge ich mich.
„No te precupes!" - Mach dir keine Sorgen! - lacht Luis.
Na ja, so sicher bin ich mir nicht, außerdem - züngeln die Flammen nicht gefährlich hoch? Sie erreichen beinahe die noch vorhandenen trockenen Dachbalken über uns.

Ich kuschele mich an Luis, leider getrennt durch unsere Schlafsäcke und ich kann deutlich spüren, wie ihn meine Nähe erregt. Doch er unternimmt nichts, um vielleicht doch zu mir in den Schlafsack zu kriechen.

Soll ich? Nein! Doch ich bin bereits vollkommen verrückt nach Luis. Er nimmt mich nur in die Arme und wärmt mich. Und ich drohe zu versinken, mich aufzulösen unter seinen Lippen, die an den meinen hängen bleiben und jeden Zentimeter außen und innen erkunden, sodass mein Gehirn vollkommen ausgeschaltet wird und ich längst bereit wäre, mehr, viel, viel mehr als nur diese Zärtlichkeit auszutauschen.

Doch es bleibt beim Küssen. Aufgewühlt bis ins Innerste und ein bisschen enttäuscht schlafe ich irgendwann ein.

Am Ende unserer zweiten Tagestour stoßen wir auf eine kleine Höhle. Antonio hatte uns den Weg zu ihr beschrieben und wir finden sie nach kurzer Suche. Pferd und Esel binden wir an große Algarrobobäume, auch Johannisbrotbäume genannt. Unzählige süße Früchte liegen wie übergroße, braune Erbsenschoten im hohen dichten Gras. Zuvor haben wir unsere Tiere am klaren Wasser des nahen Baches getränkt, dessen leises Plätschern beruhigend bis hierher dringt.

Luis sucht dürres Holz und macht wieder Feuer. Wenn die Sonne untergeht, ist es ungemütlich kalt in den Bergen.

Inzwischen breite ich die Pferdedecken und die mitgebrachten Schlafsäcke in der Höhle aus und freue mich, als ich Stroh in einer Ecke unserer Behausung finde, Spuren von früheren Besuchern. Heute Nacht werden wir bequem und weich schlafen. Und die Enge der kleinen Höhle zwingt uns wieder ganz nahe zusammenzurücken.

Unser Feuer knistert leise in der Dunkelheit.

Ich liebe solche Abende in der Natur. Dieser Frieden. Diese Stille, nur unterbrochen vom Rascheln im Gebüsch und Stimmen von nachtaktiven Tieren und Oskars drohendem wachsamen Knurren. Still am Feuer sitzen, das Schnauben von Adriano und Esmiralda, Grillenzirpen im Hintergrund – Romantik pur ...

Leuchtkäfer krabbeln auf dem Boden, gefährliche Tiere brauchen wir nicht zu fürchten. Es gibt zwar jede Menge giftige Skorpione in der Gegend, aber diese verstecken sich im Normalfall hinter Steinen vor den Menschen.

Nachdem unser Proviant fast vollständig aufgegessen ist, kriechen wir in die Schlafsäcke. Und endlich, endlich küsst er mich wieder …

Nach diesem Ausflug in die Berge ist es um mich endgültig geschehen.

Wir sind einen Monat zusammen, ich schwebe auf Wolken.

Schwebe etwas zu sehr, denn wir nehmen es mit der Schwangerschaftsverhütung nicht allzu genau …

Jetzt ist es passiert, ich fühle es sofort und finde es in diesem Augenblick vollkommen in Ordnung. Natürlich versuche ich dieses Gefühl gleich am folgenden Tag wieder zu vergessen.

„Das war nur Einbildung! Nichts ist passiert." Ich versuche mich selber zu beruhigen.

Wir machen Pläne, auf einem Segelschiff anzuheuern, das die Karibik ansteuert und auch in Nicaragua anlegen wird. In Managua will Roberto ein indisch-vedisches Restaurant eröffnen. Sein Vater, ein wohlhabender Geschäftsmann, möchte seinen Sohn aus Europa zurückholen, wo er am besten Wege dazu ist, endgültig ins Drogenmilieu abzurutschen und macht ihm die Rückkehr mit dem gesponserten Restaurant schmackhaft. Roberto will Luis bei diesem Vorhaben dabei haben, da dieser einige Zeit bei den Hare-Krishna verbracht hat und dort in deren wunderbare Kochkünste eingeweiht worden war.

Als das Segelschiff im Hafen von Málaga anlegt, kämpfe ich mit kaum zu ertragender Übelkeit. Ich muss nicht erst das schwankende Schiff betreten.

Die Ursache meines Zustandes kann ich wohl kaum einer zukünftigen Seekrankheit anlasten. Meine Periode ist überfällig, ich besorge mir einen Schwangerschaftstest.

Ergebnis: Ich habe es sowieso schon gewusst. Segeltörn in die Karibik? Erst mal auf unbestimmte Zeit verschoben!

Langsam wird mir mein Zustand bewusst.

Ich bin schwanger. Ich bin hier in Spanien. Habe verabsäumt vor meiner Reise hierher meine Kranken- und Unfallversicherung weiterzubezahlen. Das heißt im Klartext, ich habe weder Anspruch

auf Mutter – Kind – Untersuchungen noch auf Karenzgeld oder
möglichen Krankenhausaufenthalt.
Aber kommen nicht überall Babys zur Welt, auch ohne diese
Sicherheiten?
Mein Trotz währt nur kurz. Ich gelange zur Einsicht und will nach
Österreich zurückkehren, meinem Kind zuliebe.
„Wir bekommen ein Baby? Bist du sicher?“
Luis Gesicht spiegelt seine Gedanken, kurzes Erschrecken, Er-
staunen und schließlich Freude. „Das ist fantastisch. Ich werde
Vater! Ich kann es nicht glauben, Margarita, ich werde Papa!“ Er ist
überglücklich. Für ihn ist es Bestimmung.
„Dieses Kind musste gezeugt werden, davon bin ich fest überzeugt.
Dieses ungeborene Wesen hat uns als seine Eltern auserkoren. Uns,
Margarita!“ Er nimmt mich ungestüm in den Arm. „Dieses Kind
und du – ihr seid der Sinn meines Lebens!“

Die letzten Jahre war Luis herumgeirrt, zerrissen zwischen
Extremen. Er nahm mit Hingabe an den Zeremonien der Hare
Krishna teil, verbrachte viel Zeit mit Fasten und im Gebet und
schwor den Verzicht von Alkohol und Drogen. Doch kaum hatte
er seine Brüder der Sekte verlassen, nebelte er sich in Gesellschaft
Robertos und anderer Kumpanen mit Marihuana oder dergleichen
ein und der Alkohol durfte wieder fließen. Vergessen war sein
Schwur.

Ich werde nicht richtig klug aus ihm. Die Hare Krishna, die in den
späten sechziger Jahren in der Zeit der Hippies regen Zulauf von
jugendlichen Aussteigern fanden und sich von Indien auf allen
Kontinenten ausbreiteten, befremden mich anfangs sehr mit ihren
strengen Geboten und Ritualen.
Aber diese Seite von Luis liebe ich auf jeden Fall mehr als die
uferlosen Ausschweifungen mit Drogen und Alkohol. Er beruhigt
mich: „Ich werde das auf jeden Fall für meine Familie aufgeben,
mit Freuden, aber von heute auf morgen, so schnell funktioniert
das nicht.“
Inzwischen ist Winter und wir versuchen weiterhin, uns durch-
zuschlagen. Luis bemüht sich immer noch etwas Geld zu verdienen
mit dem Verkauf von vedischen Büchern, Räucherstäbchen, allerlei

hübscher Kleidung und Schmuckstücken aus Indien, die ihm seine Brüder der Hare Krishna besorgen. Daneben will er geschmuggelte Krokodilledersachen aus Nicaragua an den Mann bringen, die ihm Roberto, der inzwischen zu meiner Freude abgereist war, geschickt hat. Nachdem der Erlös dieser Artikel nicht allzu berauschend ist, lassen Luis Bemühungen nach und er lenkt seine Energie immer wieder in den illegalen Verkauf von Haschisch.

Die Schwangerschaft verändert mich und ich beginne mir ernsthaft Gedanken zu machen über unsere Zukunft. Ich bin im vierten Monat und es ist Zeit nach Österreich zurück zu kehren.

„Luis, ich muss mit Dir reden. Ich brauch mehr Sicherheit für unser Baby. Hier haben wir sie nicht." Ich schmiege mich an ihn. „Wenn es Schwierigkeiten in meiner Schwangerschaft gibt, wovon sollen wir das bezahlen? Ich möchte heimkehren und unser Kind dort zur Welt bringen. Kannst du dir vorstellen, mitzukommen?" „Nach Österreich? Dort ist es sicher ziemlich kalt, oder?" Er überlegt nur kurz. „Natürlich komm ich mit dir" Luis streichelt meinen Bauch. „Ihr zwei seid meine Familie, ich lass dich doch nicht alleine fahren. In deinem Land fällt uns bestimmt alles leichter." „Ich freue mich." Und küsse ihn. „Wir schaffen das schon."

Sicher bin ich mir nicht, ob es leicht sein wird. Ich komme aus einem kleinen, 150 Einwohner zählendem Dorf in Niederösterreich. Das ländliche Leben dort ähnelt nicht im Entferntesten dem, das Luis kennt.

Er wurde in Montevideo, einer 2-Millionen-Einwohner-Stadt geboren und ist dort auch aufgewachsen. Wie würden die Dorfbevölkerung und meine Freunde von früher, von denen kaum einer je länger als im Urlaub der Heimat fern gewesen war, Luis aufnehmen? Toleranz Fremden gegenüber gehört nicht unbedingt zu den Stärken meiner Landesgenossen, erinnere ich mich.

Sein Leben wird sich sehr verändern. Das kann aber eine Chance sein, überlege ich. In Spanien kommt man an jeder Ecke an Drogen, der Handel ist zwar verboten, doch der Konsum von leichten Drogen erlaubt. In Österreich wäre das anders und strenger. So könnte es gelingen, Luis davon weg zu bekommen.

Er wird einfach keine Möglichkeit haben, sich neuen Stoff zu besorgen.

Hoffnung keimt in mir auf. Ich liebe Luis, er ist zärtlich und liebevoll um mich und unser Ungeborenes besorgt, verwöhnt und tröstet mich, wenn mich Übelkeit plagt oder massiert mir zärtlich den Rücken, wenn ich ganz verspannt durch die ständigen Rückenschmerzen bin. Manchmal aber erschrecke ich wegen seiner Zornesausbrüche, die ohne Vorwarnung über ihn hereinbrechen.
Ich denke an letzte Woche zurück, ich war starr vor Schreck, als er mit der Faust auf ein Verkehrsschild einschlug und dieses daraufhin verbogen zurück blieb. Warum? Nun ja, wieder mal war auf offener Landstraße mein VW Käfer stotternd zum Stillstand gekommen, nachdem wirklich auch der allerletzte Tropfen Benzin im Tank aufgesaugt war und mein altes Fahrzeug nicht mehr weiter konnte. Das bedeutete für uns, Reservekanister aus dem Kofferraum holen, als Anhalter zur nächsten Tankstelle fahren und mit dem vollen wieder auf Mitfahrgelegenheit warten. Der Kanister war natürlich dazu gedacht, voll im Kofferraum zu stehen, war aber bei einem anderen gleichartigen Zwischenfall geleert worden und ich hatte schlicht und einfach vergessen, ihn aufzufüllen.
Dass Luis aber wegen diesen Missgeschickes gleich derart die Beherrschung verlor, befremdete mich. Ich nahm es nach dem Motto: Selber schuld, also wozu aufregen? Nächstes Mal mitdenken!

Kurz darauf bewarb sich Luis als Koch in einem Hotel in Nerja. Die einzige Chance, um gemeinsam hier in Spanien zu bleiben, war, Luis musste Arbeit kriegen. Für mich war das als Schwangere sowieso fast unmöglich.
Ich wartete einstweilen vor dem Gebäude. Luis kam heraus, sein Gesicht verriet die Absage, bevor er was sagte. Er schrie seinen Frust inmitten der Menschenmenge hinaus und verpasste der nächsten Mülltonne einen Tritt, sodass diese samt Inhalt über die Straße polterte. Mir war das peinlich, Luis aber fuhr die glotzenden Leute an: „Was schaut ihr so blöd?“
Luis fühlte sich betrogen von seiner Umwelt und ungerecht behandelt.

Ständig gab er seiner Mutter die Schuld, wenn sein Leben nicht so verlief, wie er es gerne gehabt hätte. Ein Trauma begleitete ihn, seit sein Vater die Familie verlassen hatte. Er war zwölf gewesen, seine Schwestern jünger. Sein Held, der Vater, verließ sie wegen einer jungen Geliebten aus reichem Hause. Für sie ließ er Frau und Kinder zurück, die danach ein sehr schweres Leben hatten. Luis aber, der seinen Vater, einen Kapitän der Marine, abgöttisch liebte, projizierte seinen ganzen Hass, entstanden durch kindliches Unverständnis auf seine Mutter. Sie musste die Schuld treffen, seinen Vater vertrieben haben, dieser Glaube hat sich so tief in seine Seele gegraben, dass es ihn auch jetzt noch beherrschte! Verschlimmert wurde das Ganze dadurch, dass sein Vater mit der zweiten Ehefrau noch einen Sohn bekam, seinen Halbbruder. Erzählte mir Luis davon, wurde seine Enttäuschung und tiefer Hass spürbar.

***

„Señorita!" die Vermieterin lugt aus ihrer Eingangstür „Wann werden Sie mir die Miete geben? Sie schulden mir auch noch den letzten Monat!" Aus zusammengekniffenen Augen sieht sie mich ungeduldig an, die Hände in die Hüften gestemmt. „Wenn sie nicht zahlen, müssen sie ausziehen. Meine Nichte braucht eine Wohnung!" „Si, Señora, no Problem. Sie bekommen das Geld gleich nächste Woche, ganz bestimmt!"
Ich schleiche an ihr vorbei und schließe rasch die Tür hinter mir. Ich werde meine Mutter anrufen müssen, damit sie mir wieder Geld schickt. Noch hab ich einen Notgroschen daheim auf meinem Sparbuch, aber nur mehr wenig, sehr wenig. Lange werden wir sowieso nicht mehr hier bleiben, ein Hinauszögern hat keinen Sinn. Vorsichtig öffne ich die Tür zu meiner Küche. An der Tür klebt ein Poster, zeigt einen farbenprächtigen Sonnenuntergang in den Bergen, irgendwo in den Alpen. Eigentlich gefällt mir das Bild gar nicht, doch ich muss irgendwie das faustgroße Loch verbergen, das Luis in einem Anfall aus unbändigem Zorn geschlagen hat.
Die Vermieterin hat schon gestern die ausständige Miete einge-fordert, und Luis, der nun bei mir wohnt, hat diese eigentlich berechtigte Frage so in Rage versetzt, dass er ohne zu überlegen der Tür einen Faustschlag versetzte. Leider hat die billige Spann-plattentür dieser Krafteinwirkung nicht standgehalten. Ich bin furchtbar erschrocken, will diese Seite meines Freundes nicht

wahrhaben, ich kenne ihn doch meist als liebevollen, aufmerksamen
Partner!

„Schon wieder ein Platter! Das kann doch nicht wahr sein! Zum
dritten Mal in nur zwei Monaten!" Ich knalle die Autotür zu.
Luis und ich kehren von einem Besuch bei Freunden in den Bergen
zurück. Wir beginnen, uns zu verabschieden. In einer Woche wollen
wir mit meinem alten treuen Käferchen die Reise nach Österreich
antreten.
Zum Glück sind wir diesmal nur einige hundert Meter von Frigiliana
entfernt. Wir lassen das Auto stehen und machen uns zu Fuß auf
den Heimweg. Dabei kommen wir an einem abgestellten Wagen mit
deutschen Kennzeichen vorbei, dass hier schon steht, seit ich hier
wohne. „Die Besitzer sind sicher nach Deutschland zurückgekehrt"
meint Luis „und haben den Wagen einfach zurückgelassen."

Ein letztes Mal wird tags darauf der Reifen geflickt, der Mechaniker
schüttelt den Kopf. „Muy peligroso! Das ist gefährlich! Ihr dürft
so nicht mehr fahren! Kein Profil auf allen vier Reifen. Ihr müsst
Neue montieren!" „Si, si, werden wir machen" versichere ich. Nur
woher sollen wir denn das Geld nehmen?
Auf dem Heimweg kommen wir wieder an dem abgestellten Wagen
vorbei. Luis hält an, steigt aus, sieht sich prüfend um und untersucht
das Fahrzeug. „Was ist los? Was hast du denn gesucht?" Fragend
sehe ich ihn an. Er grinst durch die offene Fensterscheibe. „Hab
ich mir doch gedacht! Die Reifen passen auf unser Auto! Gleiche
Größe. Außerdem sind sie in einem tollen Zustand!" Ich sehe ihn
entrüstet an, aber nur kurz.
„Meinst du? Das können wir doch nicht machen. Das ist Diebstahl!"
„Ach komm schon, Margarita" Luis wird ärgerlich „Der Wagen
steht hier seit einem Jahr, seit ich in Frigiliana wohne und keiner
ist in dieser Zeit damit gefahren. Die Besitzer sind bestimmt nach
Deutschland zurückgekehrt. Keiner wird die Reifen vermissen,
glaub mir!"
Einige Stunden später, knapp vor Mitternacht, kehren wir zu dem
Fahrzeug zurück, bewaffnet mit einem großen Schlüssel. Mir ist
ziemlich flau im Magen ... „Was tun wir hier? Das ist doch strafbar!
Worauf lasse ich mich da bloß ein?"

Ich stehe trotzdem Schmiere. Wir befinden uns zu Glück am Dorfrand. Die Nebenstraße ist nur spärlich beleuchtet, kein Mensch ist zu sehen, nur streunende Hunde jaulen und knurren beängstigend nahe. Mich fröstelt „Beeil dich doch!" flüstere ich.
Keine Antwort, nur leises Knarren. Luis versucht, die festsitzenden verrosteten Schrauben zu lösen. Es dauert meinem Gefühl nach Stunden. Meine Blicke irren nervös umher, doch niemand ist zu sehen.
„Venga, komm schon, hilf mir!" Luis rollt einen abmontierten Reifen vor sich her. Ich öffne rasch die Autotür, der Reifen verschwindet auf der Rückbank meines Käfers. Die restlichen drei folgen. Das fremde Auto sieht im matten Licht der Straßenlaternen beinahe komisch aus. Anstatt auf seinen Rädern thront es jetzt auf Holzpfosten, die Luis irgendwo hier gefunden hat.
Wir steigen schnell in unseren Wagen. Luis übernimmt das Steuer und ist in bester Laune. „Das war doch kinderleicht! Schau nicht so! Keiner vermisst die Reifen. Das Auto ist alt, keiner wird mehr mit ihm fahren." Er tätschelt mir den Oberschenkel, breites Grinsen im Gesicht. „Na ja, jetzt fährt sicher keiner mehr damit!" Ich fühle mich miserabel, muss aber ebenfalls lächeln.
„Hast du die Orangen auf der anderen Straßenseite gesehen? Dort bei der Laterne?" Luis reißt mich aus meinen Gedanken. „Ein ganzer Baum voller reifer Früchte! Warum pflückt die keiner?" Luis sieht mich übermütig an, ein Aufblitzen in seinen Augen. „Luis! Nein!"
„Warum nein? Wenn sie sonst keiner haben will, dann holen wir sie uns!" Er tritt das Bremspedal durch und hält am Straßenrand. „Du passt wieder auf, das machst du ja sehr gut. Wenn jemand kommt, dann pfeif einfach!" Schon ist er verschwunden, klettert die Straßenböschung hinunter.
Plötzlich höre ich nur mehr Blätterrascheln, gefolgt von einem dumpfen Aufschlag.
„Luis? Was ist passiert?" flüstere ich in die Dunkelheit.
Leises Stöhnen, gefolgt von Fluchen. „Mierda, da war eine Mauer, bin runter gefallen. Aua. Puta madre. Hab sie in der Finsternis nicht bemerkt!" Deutlich humpelnd erhebt er sich und beginnt die Orangen in den mitgebrachten Rucksack zu stopfen. Der Baum bleibt leer zurück. Luis kommt stöhnend den Hang herauf. Ächzend

lässt er sich auf den Beifahrersitz fallen. „Freust du dich schon auf das Frühstück? Ich werde dir einen tollen frisch gepressten Saft machen. Du brauchst die Vitamine für unser Baby!“
Jetzt aber nichts wie heim! Ich atme tief durch, als wir unsere Wohnung erreichen. Für solche Diebestouren bin ich eindeutig ungeeignet.

Beim Frühstück am nächsten Morgen können wir uns einen Lachanfall nicht verkneifen. Mein Gesicht verzieht sich vor Ekel, als ich einen großen Schluck Orangensaft trinke.
Die gestohlenen Früchte sind Bitterorangen, unveredelte Früchte. Wir spucken den ungenießbaren Saft aus und spülen unseren Mund lange mit Wasser, um den scheußlichen Geschmack los zu werden.
„Kleine Sünden werden schnell bestraft.“ bringe ich hervor.
„Jetzt wissen wir, warum die Orangen niemand gepflückt hat.“
Wir lachen, Luis bewegt vorsichtig seine geprellte Schulter.
Er wird noch länger an diese Geschichte denken als ich.

Ein paar Tage später ist der Moment des Abschiedes gekommen. Das Auto ist bis oben voll bepackt und die Sicht durch die Heckscheibe unmöglich. Außerdem wird durch die Ladung ein riesiges, so fünfmal zehn Zentimeter breites Loch in der Bodenplatte verdeckt. Ich hege Befürchtungen, Teile unserer Sachen könnten auf der langen Fahrt durchfallen.
Es soll die letzte Fahrt für meinen Pinky werden. Der Rost setzt ihm arg zu. „Dreitausend Kilometer noch, mein liebes Auto, mehr will ich nicht von dir!“ Ein wehmütiges Ziehen ist in meiner Brust spürbar. Die schöne Zeit hier in Spanien geht zu Ende. Aber ich verspreche mir, bald wieder zurück zu kehren.
Mein Hund Oskar kommt natürlich mit uns. Er findet Autofahren klasse und rollt sich vor dem Beifahrersitz ein.

Es wird kälter

Wir erreichen Österreich an einem winterlichen Tag im Februar 1989.

Und damit beginnt eine schwierige Zeit. Wir beziehen mein altes Zimmer in meinem Elternhaus. Meine zwei jüngeren Brüder finden das nicht so toll. Der sechzehnjährige Martin hat in meiner Abwesenheit mein Zimmer übernommen und muss sich nun wieder eines mit dem um vier Jahre älteren Bruder Hubert teilen. Aber es soll ja nur vorübergehend sein, wir wollen uns so schnell wie möglich eine eigene Wohnung suchen.

Wir versuchen, unser Leben neu zu regeln. Luis muss sich in dem fremden, kalten Land eingewöhnen und Arbeit finden.

Und ich meine Probleme mit der Versicherung lösen.

Die Leute stellen mir die unmöglichsten Fragen.

„Oh, ich dachte, er ist ein Schwarzer!" „ Wo kommt er her? Aus Uganda?" „Aus Uruguay!" antworte ich unzählige Male. „Das liegt in Südamerika, nicht in Afrika!"

Luis fühlt sich nicht wirklich wohl. Es ist Winter, er an diese Kälte nicht gewöhnt. Außerdem ist es schwer, Arbeit zu finden.

Ein Bekannter stellt ihn für einige Zeit in seiner Möbelfabrik ein, allerdings ohne Anmeldung als Schwarzarbeiter. Aber wir sind froh darüber, damit endlich etwas Geld hereinkommt.

Ich habe unglaubliches Glück, denn ich bekomme nach einigen bürokratischen Problemen Karenzgeld, was wir auch dringend benötigen.

Als ich nach Spanien aufgebrochen war, hatte ich einfach meinen Job gekündigt und war ohne Nachdenken losgefahren.

In meiner Naivität hatte ich es nicht für nötig gehalten, mich um eine Kranken- und Unfallversicherung zu kümmern. Wäre mir in Spanien etwas zugestoßen, wer hätte meine Arzt- oder Krankenhauskosten übernommen? Als positiv denkender Mensch hatte ich an etwaige gesundheitliche Probleme gar nicht gedacht, es war nicht in meinem Bewusstsein gewesen, darum blieb ich wohl auch gesund. Aber um ehrlich zu sein, es war einfach dummer jugendlicher Leichtsinn gewesen.

In Österreich genügt eine Bestätigung von Hannelore aus Spanien über einen Au-pair-Aufenthalt, um in Genuss der kostenlosen Schwangerschaftsuntersuchungen zu kommen und das Kindergeld zu erhalten. Ich bin erleichtert. Auf sämtlichen Behörden wird mir und dem Baby zuliebe ein Auge zugedrückt.

Es ist an der Zeit, meinem Jugendfreund Thomas einen Besuch abzustatten. Luis weiß Bescheid, ich habe von ihm erzählt.
Vor meinem Aufbruch nach Spanien habe ich mein Pferd Napoleon im Stall von Thomas eingestellt, ich wollte ihn nicht verkaufen und dachte damals, ich komme doch irgendwann zurück zu Thomas. Napoleon hat in meiner Abwesenheit sein Futter im Reitbetrieb von Thomas Vater als Ausreit- und Schulpferd verdient.
Das Wiedersehen ist leichter, als ich es mir vorgestellt habe. Thomas ist nun wirklich mit dem Mädchen zusammen, das schon bei meinem Besuch im Vorjahr so offensichtlich in ihn verliebt gewesen war.
Luis beobachtet uns trotzdem sehr misstrauisch. Er versteht unsere Sprache nicht und fühlt sich dadurch ausgeschlossen.
Wir spannen mein Pferd vor die kleine Kutsche, die ich ebenfalls bei Thomas eingestellt hatte und fahren nach Hause. Mit sämtlichen Überredungstaktiken habe ich meinen Vater dazu gebracht, meinem Pferd daheim einen Platz zu geben.
Luis ist schweigsam. „Was ist los? Gefällt dir die Kutschenfahrt denn nicht? Ist doch lustig!"
Ich lächle ihn an, bin gut drauf, freue mich, meinen Napoleon nach so langer Zeit schnaubend vor mir traben zu sehen. „Du liebst ihn noch immer, oder?" „Wen? Thomas? Blödsinn, Luis, das ist lange vorbei. Ich liebe dich, nur dich." „Wie du ihn angesehen hast. Und er dich. Läuft da noch was?"
Ich muss lachen. „Aber Luis, was du dir denkst. Ich werde Mama. Denkst du ernsthaft, ich habe in meinem Zustand Interesse an einem Anderen?"
„Wie war er? Gut im Bett? Besser als ich?" „Luis! Das geht jetzt zu weit. Ich gehöre zu dir, okay? Das mit Thomas ist lange vorbei. Denk nicht solche Sachen, bitte! Du bist der Beste!" Er antwortet nicht und so erreichen wir schweigsam den elterlichen Bauernhof. Die anfängliche Freude über mein Pferd ist verblasst, die Stimmung im Keller.

***

Mein Kind verursacht mir in den ersten Schwangerschaftsmonaten Übelkeit ohne Ende.

Essen? Ich vertrage kaum was, darum nehme ich insgesamt nur vier Kilo zu. Und mein Baby wird bei seiner Geburt drei Kilo und achthundertzwanzig Gramm wiegen. Ich bin überzeugt, dass wir einen Jungen bekommen, auch wenn auf den Ultraschallbildern nichts erkennbar ist. Und ich träume von einer harmonischen Hausgeburt ohne Krankenhaushektik. Der Gedanke, in ein Krankenhaus zu gehen, ist mir zuwider. Ich bin ja nicht krank.

Als Andreas dann am 20. Juli 1989 zur Welt kommt, kann ich mich glücklich schätzen, dass es medizinische Versorgung gibt. Sonst wäre diese Geburt tragisch verlaufen.

Eine Woche davor wache ich nachts auf. Das Bettlaken zwischen meinen Beinen ist vollkommen nass. Ich verliere Fruchtwasser.

Ich warte, doch es setzen keine Wehen ein. Sollten die jetzt nicht einsetzen? Ich mache mir Sorgen.

Luis fährt mich in das nahe Krankenhaus, doch am Morgen schicken mich die Ärzte wieder heim, denn von Wehen keine Spur. Sie glauben mir nicht, dass Wasser abgegangen ist und halten mich für hysterisch. Ich aber fühle, es ist etwas nicht in Ordnung.

Eine Woche später bekomme ich dann Wehen und wir fahren erneut ins Spital. Dort lässt man mich in einen für mich ungemütlichen Raum liegen und wartet darauf, dass sich der Muttermund öffnet. Ich bin angeschlossen an einen Herzfrequenzmesser für mein Baby. Die Zeit verläuft quälend langsam, die Wehen kommen in immer kürzeren Abständen.

Plötzlich habe ich panische Angst. Irgendetwas stimmt nicht.

Luis, liebevoll um mich besorgt, versucht mich zu trösten und Mut zu machen, allerdings macht er mich dadurch nur noch nervöser. Als er nicht mehr weiß, wie er mir helfen soll und ihm selber schon von eigenen Bauchkrämpfen der Schweiß von der Stirn tropft, holt er endlich die Hebamme. Die gerade bei einer anderen Geburt gebraucht wird. Sie sieht wieder nur kurz nach dem Muttermund. „Erst fünf Zentimeter. Sie müssen Geduld haben, das dauert noch!" „Aber das Baby! Ich glaube, es geht ihm nicht gut!" Meine Stimme ist bereits panisch.

Erst jetzt wirft sie einen Blick auf den Herzfrequenzmesser, um dann doch mit sorgenvollem Gesicht einen Arzt zu holen.
Ich habe mich nicht getäuscht. Nun geht alles sehr schnell.
Der Arzt verpasst mir eine Spritze mit Wehen hemmendem Mittel und schon laufen zwei Pfleger mit mir in meinem rollenden Bett. Von dem ich beinahe raus geschüttelt werde, als wir über die holprigen Pflastersteine zum Operationssaal im Hauptgebäude rasen.
Die Geburtsstation befindet sich in einem eigenen Gebäude und ist etwa fünfzig Meter vom Haupthaus des Krankenhauses entfernt.
Schlotternd vor Kälte und Angst liege ich jetzt nackt auf dem harten Operationstisch, geblendet von grellem Licht über mir, dem ich mich nur entziehen kann, indem ich die Augen schließe. Das möchte ich auch, die Augen schließen und mir einbilden, dass das hier nur ein böser Traum ist. Aus dem ich sicher gleich erwachen werde.
Keiner kümmert sich um mich. Ärzte und Schwestern sind beschäftigt, sich schnell anzuziehen und zu desinfizieren. Ich beobachte sie, verstehe aber ihre leise Unterhaltung nicht, was mich noch panischer werden lässt. Ich hab Angst. Was ist mit meinem Baby?
Eine Schwester fasst mir sanft an die Schulter und deckt mich mit einem grünen Tuch zu. „Keine Angst, wir holen Ihr Baby jetzt gleich." Durch diese kleine Berührung fühle ich mich nicht mehr so ausgeliefert wie ein festgebundenes Tier, das nackt und schutzlos auf der Schlachtbank liegt.

Was ist passiert? Wo bin ich? Ich erwache langsam aus der Narkose und sehe verschwommen ein Gesicht vor mir. Es ist gerade Visite, ich bin noch gar nicht richtig da, ganz benommen. „Wir hatten riesige Probleme mit dem Kindesvater!" werde ich überfallen. „Das wird Konsequenzen haben, es kann nicht sein, dass jemand ohne Erlaubnis bis in den Operationssaal eindringt! Eine Unverschämtheit!"
Kindesvater? Ich habe keine Ahnung, wovon er spricht, warum der Mann sich so aufregt. Das ist doch der Primar, mein Arzt auch während der Schwangerschaft, registriere ich langsam erwachend. Luis sitzt an meiner Seite.

„Was ist mit meinem Baby?“ Meine Stimme ist noch schwach, ich habe Angst und es interessiert mich absolut nicht, was den Arzt so verärgert.
Eine Schwester kommt mit einem Bündel im Arm durch die Tür.
Die Welt ist wieder in Ordnung. Mein Kind! So klein - so wunderschön! Die Händchen winzig und doch umklammern sie sofort meinen Finger, den ich ihm hinhalte. Und das Gesichtchen, rot und runzelig, aber unbeschreiblich schön.
Das schönste Baby der Welt! Und diese dunklen, dichten Haare. So viele Haare hat er schon. Mein Herz droht zu zerspringen, ein derartiges Glücksgefühl habe ich bis dato nicht gekannt.
Was kümmert mich der zornige Primar oder die dumpfen Schmerzen in meinem Bauch?
Ich erfahre, unser kleiner Andreas war wirklich in letzter Minute durch den Kaiserschnitt geholt worden. Meine Plazenta war nicht mehr in Ordnung gewesen, sie hätte mein Baby beinahe vergiftet. Seine Herztöne waren bereits sehr schwach gewesen und er ganz blau, als er aus mir rausgeholt worden war. Mein Gefühl hat mich eine Woche vorher also nicht getäuscht.

Während des Kaiserschnittes ließ sich Luis nicht davon abhalten, in den Operationssaal zu stürmen. Er wollte die Operation überwachen, meinte er später und die Vorschriften und Anweisungen der Ärzte waren ihm egal, er blieb da.
In meiner Vorstellung hat er Ärzte und Pfleger eingeschüchtert, das würde zu ihm passen und ist ihm sicher auch nicht schwer gefallen. Doch dies alles ist jetzt unwichtig. Endlich halte ich mein Baby im Arm. Unser Kind!
Während der Schwangerschaft habe ich mir gar nicht vorstellen können, für so ein kleines Würmchen zu sorgen, aber nun ist alles ganz selbstverständlich. Luis ist so stolz auf seinen Sohn und hat von Beginn an keine Scheu, ihn zu wickeln, zu baden und zu trösten, wenn er schreit.

Die Eltern meiner Freundin Heidi vermieten ihr Haus, sie selber ziehen in ihren neu erbauten Bungalow. Unser erstes richtiges Zuhause als Familie, wir freuen uns. Auch wenn es nur für einige Monate sein soll. Den Plan, nach Nicaragua zu gehen, haben wir nicht aufgegeben. Unser kleiner Schatz Andreas ist drei Monate alt, als ich erkranke. Ziemlich schwer sogar.

Wochenlang schon leide ich unter kaum zu ertragenden Kopfschmerzen. Plötzlich fühlen sich meine rechte Wange, das Kinn und auch die Nase taub und gefühllos an. Nicht ständig, dieses Gefühl wird immer wieder abgelöst von Jucken und Kälte. Als hätte ich Erfrierungen im Gesicht. Einige Tage nach Auftreten dieser Symptome muss ich nachts aufs WC und dafür über die Treppen vom Obergeschoss hinabsteigen. Was mir als unmöglich zu bewältigende Schwierigkeit vorkommt. Mir wird Angst und Bange. Was ist los mit mir? Sitzend rutsche ich die Treppe hinunter und finde mit Mühe die Toilette. Danach wieder hoch ins Schlafzimmer. Ich kann die Höhe der einzelnen Stufen nicht mehr richtig einschätzen. Meine Füße finden keinen Boden und ich stürze. Auf allen Vieren quäle ich mich schließlich hinauf. Völlig erledigt erreiche ich das Schlafzimmer und falle ins Bett. Mir ist schwindelig und in meinem Kopf dröhnt, summt und hämmert es. Luis wird wach, ich kann aber nicht erklären, was los ist, kann nicht mehr sprechen. Völlig unverständliche Worte kommen aus meinem Mund. Ich versuche mich zu konzentrieren, doch die unzusammenhängenden Silben ergeben keinen Sinn. Ich beginne zu weinen, davon wird Andreas wach und schließt sich dem solidarisch an. Fast unmöglich, meinen Kopf zu heben gebe ich ihm erschöpft die Brust. Rasende Stiche jagen durch meinen Schädel. Luis, zu Tode erschrocken, packt mich und das Baby in unser Auto und fährt nach St. Pölten ins Krankenhaus.
Bei unserer Ankunft dort ist es bereits hell und ich muss meine Augen schließen. Halte noch die Hände davor, denn auch durch die geschlossenen Lider dringt schmerzende Helligkeit. Ich ertrage es nicht, lege mir noch Andreas Stoffwindel über das Gesicht.
Die Ärzte stecken mich gleich für zwanzig Minuten in die Röhre des Computertomografen, außerhalb meines Kopfes dröhnt es nun noch lauter als innen drin. „Vermutlich Gehirnschlag." höre ich von fern. „Es könnte jederzeit zu einer Verschlimmerung kommen." - Stationäre Aufnahme.
Ich weigere mich, ohne Andreas hier zu bleiben. „Stillen - braucht mich." Ich werde gleich hysterisch, aber ich finde wieder annähernd

die richtigen Worte. „Andre ... nicht bleiben - auch nach Hause ...“
„Sie müssen aber die nächsten Tage hier bleiben zur Überwachung.“
Der Oberarzt ist verärgert, gibt mir aber ein ohnehin leeres Erste
Klasse-Zimmer. Vier Tage behält man uns im Krankenhaus, macht
Bluttests und weitere Untersuchungen, findet aber nichts.
Inzwischen geht es mir auch besser, ich kann wieder sprechen
und die Schmerzen und Schwindelanfälle habe ich mit Hilfe von
Medikamenten, die ich aber nur nachlässig und unter schlechtem
Gewissen meinem Säugling gegenüber einnehme, einigermaßen
unter Kontrolle. Wir werden heimgeschickt mit der Begründung,
die Auswertung der Tests würde noch ein bis zwei Wochen dauern
und liegen könne ich auch daheim. Mein Hausarzt solle täglich nach
mir sehen.
Ich verlasse das Krankenhaus gerne, frage mich aber, ob nicht der
Umstand, dass ich ein Klassezimmer ohne Aufzahlung bewohnte,
dazu geführt hat, mich so schnell nach Hause zu schicken. Immerhin hat mir der Oberarzt noch drei Tage vorher erklärt, jederzeit
könne ein Rückfall eintreten und dieser könne genauso gut tödlich
verlaufen.

Tatsächlich verbringe ich zwei Wochen unter rasenden Kopfschmerzen schlaff und fast teilnahmslos im Bett, bis mich eines
morgens der Oberarzt persönlich anruft und mir ernst mitteilt,
ich müsse sofort noch am selben Tag in stationäre Behandlung.
Die Auswertung des Bluttestes hat ergeben, dass ich an einer
Gehirnhautentzündung erkrankt bin. Auslöser sei eine Borreliose
gewesen. Eine Infektionskrankheit, die eine Behandlung mit
Antibiotikum dringend erforderlich macht.
Luis bringt mich zu meiner Hausärztin, ich flehe sie an, mir zu
helfen, mein Baby wieder ins Spital mitnehmen zu können.
Dies war mir vom Oberarzt am Telefon gleich ausdrücklich
untersagt worden. Die Ärztin hat Verständnis, ist selber Mutter.
Sie verschafft mir und Andreas ein Zimmer in der Mutter-Kind-
Abteilung. Normalerweise nächtigen dort gesunde Mütter bei ihren
kranken Sprösslingen, bei uns ist es umgekehrt. Abstillen muss ich
Andreas trotzdem wegen des starken Antibiotikums, das mir in
den kommenden zwei Wochen durch Infusionen in meine Venen
geleitet wird.

Ich muss mir die Milch abpumpen. Nach einer Woche ist sie versiegt. Das macht mich traurig, denn ich wollte mein Baby doch so lange wie möglich stillen. Als nichts mehr kommt, beginne ich gleich, Andreas immer wieder kurz an meiner Brust saugen zu lassen. Solange bis er protestierend nach seinem Fläschchen verlangt. „Ich werde ihn nach meiner Behandlung wieder stillen!" erzähle ich den Schwestern und meiner Familie. Die haben nur ein mitleidiges Lächeln für mich.
„Versiegt ist versiegt." behaupten die Säuglingsschwestern und Ärzte „Da ist nichts zu machen."

Es geht mir wieder besser, meine Krankheit scheint besiegt.
Wir dürfen nach Hause. Daheim setze ich meine Bemühungen fort, die Muttermilch wieder zum Fließen zu bringen. Ich schmiere mir Honig auf die Brustwarzen, um Andreas zum Saugen zu animieren, der natürlich längst begriffen hat, dass es viel einfacher ist, durch das Fläschchen satt zu werden. Aber der Verführung durch den klebrig süßen Honig kann er nicht widerstehen. Er saugt, bis wirklich der letzte Rest von Honiggeschmack verschwunden ist, wird beinahe wild darauf.
Und darum schaffen wir es!
Nach drei Wochen stille ich mein Baby wieder und schon einige Tage später habe ich wieder genug Milch, um auf zusätzliche Flaschennahrung verzichten zu können. Das sei nicht möglich, bekomme ich ständig von erfahrenen Müttern zu hören. Ich beweise ihnen das Gegenteil.
Woran man wirklich glaubt, das schafft man auch.

Wir beschließen, Luis solle einstweilen alleine nach Nicaragua fliegen um seinen Freund Roberto zu unterstützen. Ständig ruft dieser an und bettelt, Luis solle endlich kommen und ihm im Restaurant helfen. Und unsere Bemühungen, eine legale Arbeit hier in der Umgebung für ihn zu finden, hat bisher keinen Erfolg gebracht.
Die Ärzte warnen mich, zu früh zu reisen. Sprechen von Rückfall, anderem Klima, schlechter medizinischer Versorgung. Das macht mir doch Angst. Nach einem Monat muss ich auch nochmals zu einer Kontrolluntersuchung. Also bleibe ich.

Am Flughafen weinen wir beide. Wir haben viel durchgestanden in letzter Zeit und der Abschied fällt schwer. „Du kommst nach, in einem Monat! Versprich mir das!" fleht er mich an. Täusche ich mich, höre ich einen eigenartigen Unterton?

„Ich will doch am liebsten sofort mit dir fliegen."

„Wenn du mit meinem Sohn nicht nachkommst, dann komm ich zurück und hole euch. Wehe dir, du hältst dein Versprechen nicht!" Ein mulmiges Gefühl beschleicht mich. Droht er mir? Ich kann keinen klaren Gedanken fassen. Sicher hat er nur Angst uns zu verlieren.

Mein Flugticket ist ebenfalls schon gekauft, ich will ja nachkommen. Ich werde sicher nicht hier im Winter frieren, wenn in Mittelamerika jemand auf uns wartet.

Während der Heimfahrt weine ich, nicht sicher, ob mir die Tränen wegen des Abschiedes oder wegen Luis' Worte über die Wangen laufen. Soll ich vielleicht doch lieber in Österreich bleiben? Die Warnungen meines behandelnden Arztes berücksichtigen? Luis verlassen? Er macht mir schon manchmal Angst. Er ist so liebevoll, aber manchmal verändert er sich, dass ich mich frage „Kenne ich ihn überhaupt?"

Eine andere Welt – Nicaragua

Die Hitze nimmt mir im ersten Augenblick die Luft, als ich mit Andreas im Arm aus dem Flugzeug steige. Hastig befreie ich ihn von seinem Jäckchen.

Vor fünfundzwanzig Stunden waren wir bei minus fünf Grad in Wien in eine Maschine von Aeroflot gestiegen und ich freute mich, endlich dem Winter zu entkommen. Aber der Kontrast zu den Temperaturen in Managua, der Hauptstadt Nicaraguas, ist kaum zu ertragen.

Ich verlasse das Flugzeug über die heran gerollte Treppe und marschiere schweißgebadet in der flimmernden Luft zum Flughafengebäude. Andreas klebt an mir. Kein Bus, der uns hinbringt. Nur ein hoher Zaun trennt uns von den Wartenden.

„Margarita!" Ich höre Luis glücklichen Ausruf noch bevor ich ihn erblicke. „Hier bin ich. Endlich! Ihr seid da!"

Erleichtert winke ich ihm zu. „Luis, wir sind da!"

Ein Monat voller Ungewissheit liegt hinter mir, ob ich ihm wirklich mit dem kleinen Kind nachfolgen würde können.

Luis strahlt, gleichzeitig rinnen ihm Tränen über die Wangen.

„Ich habe solche Angst gehabt, ihr kommt nicht." „Ach, ich habe dich doch auch vermisst. Ohne dich sind wir doch nur eine halbe Familie." Ich glaube fest an eine schöne Zeit an seiner Seite in diesem fremden Land.

Fast ein Jahr ist vergangen, seit wir in Spanien Pläne schmiedeten, hierher zu reisen. Viel ist seither passiert.

Andreas ist passiert! Ich küsse das kleine Gesicht meines vier Monate alten Babys, bevor ich ihn seinem Papa überreiche, der ihn glücklich und übermütig jauchzend in den Himmel hebt.

Meine Ärzte haben mir ihre Bedenken mitgeteilt, so bald nach dieser schweren Erkrankung in die Tropen zu fliegen, noch dazu mit einem Säugling, aber ich ließ mich nicht davon beeinflussen. Immerhin habe ich die Bestätigung, dass ich vollkommen geheilt bin und Babys werden auch in Zentralamerika geboren und großgezogen.

Nach der Geburt von Andreas hatte sich an unserem Plan, nach Nicaragua zu gehen, nichts geändert. Die beiden Flugtickets Wien

- Managua kosteten fünfundzwanzigtausend Schilling. Für genau diese Summe verkaufte ich mein Pferd. Ein junges Mädchen hatte sich in es verliebt und so verhalf uns mein Pferd bei der Erfüllung unseres Traumes von Lateinamerika.

Mein Baby und meine Erkrankung haben mir nur wenig Zeit gelassen, mich auf dieses vom Bürgerkrieg ausgeblutete Land vorzubereiten.
Eigentlich weiß ich so gut wie nichts darüber. Schon auf der Fahrt vom Flughafen zu unserem neuen Zuhause mitten in der Stadt gewinne ich erste Einblicke in das Leben in Armut vieler Menschen hier und ihrer Verzweiflung. Kilometerlang säumen Hütten aus Wellblech und Brettern unseren Weg ins Zentrum.
Eng aneinandergereiht wirken diese Behausungen wie ein Meer aus Armut. Alte Leute sitzen davor, Kinder, Hunde, Hühner laufen herum und überall Müll.
An jeder Ampel, die rot zeigt, strömen sofort Bettler und Kinder zu den anhaltenden Autos, wollen Zigaretten, Kaugummi oder lebende gefesselte Echsen verkaufen oder einfach ein paar Cent mit Scheibenwaschen verdienen.
Ein richtiges Stadtzentrum existiert in Managua nicht wirklich. 1972 hatte ein schreckliches Erdbeben dieses dem Erdboden gleichgemacht. Übriggebliebene Ruinen, traurige Skelette von einstigen stolzen Häusern hat man damals einfach gelassen, wo sie waren und daneben neu gebaut.
Wir fahren auch durch Viertel mit prunkvollen Häusern und wunderbar gepflegten Gärten davor, die meine Stimmung gleich wieder heben. Aber schon eine Straße weiter kann es wieder aussehen, als hätte hier soeben der Krieg gewütet.
Kriegshandlungen finden auch statt in den unzugänglichen Bergen an der Grenze zu Honduras. Dort kommt es immer wieder zu blutigen grausamen Auseinandersetzungen. Die Contras, unterstützt von den Amerikanern bekämpfen die Sandinisten, die ihrerseits engere Kontakte zu Kuba und der UdSSR geknüpft haben. Über vierzig Jahre beherrschte und unterdrückte die Familie Somoza das Land.
1979 wurden sie von der sandinistischen nationalen Befreiungsfront gestürzt. Die Somozas flüchteten ins Ausland und nahmen einen

beträchtlichen Teil des Staatsvermögens mit.

Die Contras – Kontrarevolutionäre - hat sich vor allem aus im Exil lebenden Mitgliedern der Nationalgarde Somozas gebildet.

Ein über Nicaragua verhängtes Handelsembargo der Amerikaner verschlimmert die Lage im Land immer mehr. Amerika war der wichtigste Handelspartner Nicaraguas gewesen. Die Sandinisten nennen sich nach dem Widerstandskämpfer Augusto Cesar Sandino, den General Somoza 1934 hinrichten hatte lassen. Der fast zweijährige Waffenstillstand wird Ende 1989 wieder aufgehoben, zu dem Zeitpunkt, als wir nach Nicaragua kommen.

***

Das Restaurant läuft gut, es gibt ein Mittags- und ein Abendmenü, bestehend aus vier bis fünf Gängen.

Wenn Andreas schläft, helfe ich in der Küche mit, es macht Spaß. Es hat sich schnell eingebürgert, dass Luis für alles zuständig und verantwortlich ist. Roberto kommt, wann er Lust verspürt und beteiligt sich am liebsten nur beim Zählen der Tageseinnahmen.

Luis schuftet für unsere Kost und Logis. Wir bewohnen eines der zwei Zimmer, die neben der Küche liegen. Das andere bewohnt Roberto. Für Andreas habe ich eine Matratze gekauft, die ich einfach auf dem Boden ausbreite. Am Morgen rolle ich sie ein und das Zimmer ist aufgeräumt. Und der Kleine kann nie aus dem Bett fallen.

Diese handgefertigten Matratzen werden neben vielen anderen Dingen, eigentlich fast allem, was man so braucht, an der Straße zum Verkauf angeboten. Sie sind dünn, es gibt sie in allen möglichen Größen und aufgerollt kann man sie überall hin mitnehmen. Man trägt sein Bett sozusagen bei sich. Macht flexibel. Und man schläft sogar gut darauf. Auch wir verwöhnten Wohlstandsbürger.

Luis ist überarbeitet, häufig aufbrausend, auch mir gegenüber.

Andreas schläft nachts noch nicht durch und sein Vater wird schnell wütend, wenn er im Schlaf gestört wird. Ich mache es mir zur Gewohnheit, mit Andreas auf die Terrasse zu flüchten.

Dort stille ich ihn und eng aneinandergeschmiegt schlafen wir in der Hängematte weiter. Mein Baby mag das leichte Schaukeln

der Hängematte und bei diesen Temperaturen ist es unter dem Sternenhimmel auch viel angenehmer als im stickigen Zimmer.
Damit tröste ich mich.
Unser Leben ist nicht einfach, schon in den ersten Tagen stiehlt man mir die Babykleidung von der Wäscheleine.
Das kann nur eine der Frauen, die in der Küche arbeiten, gewesen sein, überlege ich. Aber ich habe genug Kleidung mitgebracht. Viel zu viel, denn es ist so heiß hier und Andreas ist meist nur mit einer Stoffwindel bekleidet.
Der Dieb braucht die Sachen bestimmt dringender, also wozu darüber ärgern. Wegwerfwindeln gibt es nur im internationalen Supermarkt zum doppelten Preis als in Österreich. Darauf kann ich gerne verzichten, ich besorge mir Stoffwindeln und wasche mit der Hand. Wie fast alle Frauen hier. Waschmaschine gibt es keine, die Tischwäsche vom Restaurant wird in eine Wäscherei gebracht, für die restliche Schmutzwäsche steht im kleinen Waschhaus ein Waschzuber mit betoniertem Waschbrett. Dort bearbeite ich Andreas Windeln mit Kernseife und harter Waschbürste. Oft mit kaltem Wasser, außer ich erhitze welches in einem großen Topf auf dem Herd in der Küche. Wenn ein Topf übrig ist.

In den kleinen Läden der Stadt gibt es nur lebenswichtige Dinge. Mehl, Reis, Öl, Bohnen. Obst, Gemüse und Gewürze.
Sonst sind die Regale oft leer, man kauft eben, was da ist. Der Speiseplan richtet sich nach dem Angebot. Auf dem großen Markt in Managua findet man dagegen fast alles, eine kunterbunte Vielfalt von Essbaren und anderen Dingen.
Bei der Ankunft mit dem Auto Robertos auf dem Marktgelände laufen uns jedes Mal dutzende Kinder hinterher, klammern sich an die offenen Fenster oder an die Stoßstange. „Señor, Señor! Ich passe auf Ihr Auto auf!“ „Nehmen Sie mich!“ „Nein, ich mach das besser!“
Auf dem Parkplatz bekommt einer von ihnen ein paar Cordobas und wir wissen unser Auto beschützt. Eine Verweigerung würde mit Gewissheit kaputte Reifen oder Schlimmeres bedeuten.
Es ist ungeschriebenes Gesetz hier, kleine Aufpasser zu bezahlen.
In Nicaragua ist die Hälfte der ungefähr fünf Millionen Einwohner unter siebzehn Jahre alt, das zweitärmste Land in Lateinamerika

und der Karibik. Kinder müssen meist zum Lebensunterhalt der Familien beitragen. Schulbildung ist für viele unmöglich, zu teuer, zu weit weg oder das Kind wird gebraucht zum Arbeiten, um Geld heranzuschaffen. Die Analphabetenrate ist dementsprechend hoch. Beim ersten Besuch des Marktes nehme ich Andreas in seinem Buggy mit. Scharenweise laufen uns kleine Kinder hinterher, wollen sein Fläschchen, seinen Schnuller, seine Spielsachen, aber vor allem ihn, das blonde Baby berühren und nebenbei natürlich ein paar Cent erbetteln.

Ein blondes Baby zu berühren bringt Glück, erfahre ich von Einheimischen. Nur dieses eine Mal nehme ich den Buggy mit, ein billiges, einfaches Modell, hier trotzdem etwas Besonderes. Danach gewöhne ich mir an, meinen Kleinen wie die anderen Frauen an der Hüfte zu tragen. So fallen wir weniger auf.

Man kann billig essen am Markt, Limonade wird einfach in Plastikbeutel gefüllt und verknotet. Man beißt ein kleines Loch hinein und trinkt daraus. Beim Essen an einer der primitiven Holztische tippt uns eine in Lumpen gehüllte alte Frau an die Schulter. Sie zeigt mit einer Hand auf meinen Teller, dann zu ihrem Mund. „Por favor comida." Wer kann da noch weiter essen? Armut und Hunger überall.

Hinter der Greisin warten andere Bettler. Kinder, Kriegsversehrte, Alte. Dankbar werden die Reste unseres Mahles in eines der überall gegenwärtigen Plastiksäckchen gefüllt. Alles gemischt, gleich, ob Suppe, Bohnen, Reis oder Nachtisch und hinter dem nächsten Baum oder der Hausecke hastig verzehrt.

Alltag in Managua.

In freien Stunden, tagsüber, wenn die Hitze es unmöglich macht, einer Beschäftigung nachzugehen, nehmen wir ab und zu ein Taxi und fahren zum nahen Managuasee.

Ein Taxi nimmt so viele Personen mit, wie nur möglich. Man sitzt dann schon mal zu zweit am Beifahrersitz oder zu fünft hinten. Ich zweifle des Öfteren an der Fahrtauglichkeit einiger Taxis. Einmal muss ich durch die Fahrertür auf den Beifahrersitz klettern, weil die andere Tür nur mit Drähten am Auto gehalten wird und sich daher nicht öffnen lässt.

Blinker, Bremsleuchten und ähnliches? Hier nicht unbedingt

notwendig. Es geht auch so - die Fahrer strecken einfach die linke Hand aus dem offenen Fenster und geben wild gestikulierend Zeichen oder klopfen laut auf das Autodach. Und geschrien wird dabei sowieso.

Von Kindersitzen und Gurtenpflicht träumt man hier noch nicht mal. Ich halte mein Baby auf solchen Fahrten fest an mich gedrückt. In manchen Situationen schließe ich die Augen und schicke ein Ansuchen in den Himmel, uns zu beschützen, denn von Geschwindigkeitsbegrenzungen scheint man in Nicaragua auch noch nichts vernommen zu haben.

Wir kaufen ein Auto, um unabhängiger und sicherer unterwegs zu sein. Einen kleinen Kastenwagen, 400 US Dollar teuer. Vieles ist zu richten bis zu seiner Fahrtauglichkeit. Luis arbeitet selber an den Reparaturen, gut, dass er so vielseitig begabt ist. Den Vorbesitzer, einen Spanier namens Manolo haben wir im Restaurant kennengelernt.

Er isst oft mit seiner vierjährigen Tochter Libertad hier zu Mittag. Libertad, das bedeutet Freiheit, ist ein stilles Mädchen mit großen schwarzen Augen voller Traurigkeit. Spreche ich sie an, versteckt sie sich gleich hinter ihrem Vater um vielleicht dann doch ganz mutig kurz zwischen dessen Beinen hindurch zu mir zu schauen. Aber ein Lächeln schenkt sie mir nie.

Nach drei Wochen ist unser Auto fahrbereit. Wir freuen uns auf die erste Ausfahrt. Dazu kommt es aber nicht. Die Polizei steht plötzlich vor uns und erklärt, das Fahrzeug sei gestohlen. Es müsse beschlagnahmt werden.

Manolo ist zu diesem Zeitpunkt schon in Spanien, Libertad hat er ohne Einverständnis oder Wissen seiner nicaraguanischen Frau mitgenommen. Unser Auto gehört in Wahrheit seinem Schwager. Und der will es zurück. Luis ist außer sich vor Zorn, flucht und wettert, allerdings ohne Erfolg.

Ich muss an die Mutter Libertads denken, der ihr Kind entrissen wurde. Das erschüttert und beschäftigt mich viel mehr als der Verlust des Wagens.

Nach drei Monaten kommt es zum Streit. Luis wirft seinem Freund Faulheit und Desinteresse am Lokal vor, Roberto schimpft, er würde zu wenig arbeiten. Schließlich füttere er seine ganze Familie durch. Das reicht. Wir ziehen aus und in das Haus von Rosa und Paco, einem argentinischen Ehepaar, das selbst hergestellte Teigwaren an das Restaurant liefern und wir daher schon seit längerem kennen.

Drei Wochen leben wir bei ihnen und ihren Kindern. In dieser Zeit studieren wir die Anzeigen in den Zeitungen auf der Suche nach Arbeit für Luis und einer Wohnung oder einem Häuschen für uns. Eines Morgens lese ich ein interessantes Inserat. Am nahen Managuasee ist ein kleines Haus zu vermieten, klingt gut.
Wir sehen es uns an. Luis ist skeptisch. „Wir haben kein Auto. In die Stadt sind es fünf Kilometer. Das wird schwer für uns. Ich muss mir doch Arbeit suchen." „Es gibt doch Busverbindungen, Luis. Und es ist so schön hier. Ich würde gerne hier wohnen." Ich will ihn überreden, es zu nehmen.
„Teuer ist es auch, Margarita. Können wir es uns leisten?"
„Ich werde mir Geld schicken lassen aus Österreich, wenn es notwendig ist." Wir beschließen, bis zum nächsten Tag eine Entscheidung zu treffen. Luis verspricht, am darauf folgenden Tag anzurufen.
„Okay, wir nehmen es. Ich rufe gleich an." Ich freue mich, Luis ist einverstanden. Wir werden am See wohnen. Und ich kann jeden Tag mit Andreas schwimmen gehen. Mein Kleiner ist eine richtige Wasserratte und liebt es, im Wasser zu planschen.
„Rosa! Paco! Ihr seid uns bald los. Wir haben ein tolles Haus gefunden, direkt am See. Wir werden es mieten."
Es ist mit uns eng hier in ihrem Haus und ich habe schon ein schlechtes Gewissen, weil wir so lange ihre Gastfreundschaft ausnutzen. „Schön, das freut mich aber!" Rosa lächelt freundlich. „Ist es das unterstrichene Inserat hier?" Die Zeitung liegt noch auf dem Küchentisch. „Ja, es ist so schön dort. Ich freue mich so." Rosa nimmt die Zeitung. „Ich kann Euch sicher helfen, den Mietpreis zu drücken. Wir leben schon so lange hier, sind quasi Einheimische!"
In Wahrheit sind sie neidisch und neugierig geworden und treffen sich am gleichen Tag mit dem Vermieter, erzählen, wir hätten kein Interesse mehr an dem Haus und mieten es selber.
Paco meint trocken: „Ihr findet was anderes! Wir haben zwei Kinder und brauchen ein größeres Haus. Ich wollte schon immer

am See wohnen!" Die Argentinier haben uns hilfsbereit Unterkunft gewährt und doch betrügen sie uns jetzt. Ich verstehe das nicht.

„Warum hast Du nicht angerufen, Luis? Wir wollten doch das Häuschen mieten!" „Jetzt bin ich wohl schuld! Was kann ich dafür, wenn Rosa und Paco so falsch sind!" „Aber du hast versprochen, gleich anzurufen." „Wollte ich auch."

Ich bin zornig. „Wie können sie uns das nur antun? Ich verstehe das nicht." „Ich bin einfach nicht fähig, für euch zu sorgen, Margarita. Nimm Andreas und geh nach Österreich zurück. Hier ist alles zu schwierig."

Luis verkriecht sich in der Hängematte hinter dem Haus. Er hat Tränen in den Augen.

„Ach komm, Luis. Warum sollte ich ohne dich heimfahren? Wir gehören doch zusammen." „Aber ich habe das vermasselt mit dem Haus. Und Arbeit finde ich auch keine." „Wir können schon noch eine Weile von meinem Karenzgeld leben. Wir kommen schon durch." Ich umarme ihn, doch er will mich wegschieben.

„Hat keinen Sinn, flieg zu deinen Eltern zurück. Dort geht es dir besser. Und Andreas auch. Dein Freund Thomas nimmt dich sicher wieder." „Du spinnst, Luis. Wir bleiben hier bei dir."

Derart deprimiert habe ich Luis bisher noch nicht kennen gelernt. Aber es ist auch schon vieles schief gelaufen hier in Nicaragua, der Krach mit seinem Freund, das gestohlene Auto, jetzt das.

∗∗∗

Aber wir finden ein kleines Haus für uns. Nur ein paar gemauerte Küchenschränke, ein Esstisch und ein paar Stühle stehen drin. Unser Schlafzimmer führen wir ja mit, unsere eingerollten Matratzen. Vor dem Häuschen wachsen im kleinen Garten einige Papaya-, Mango- und Orangenbäume.

Eigentlich ist es das Nebengebäude einer großen Villa, die am anderen Ende des Gartens steht und in der der Besitzer unseres neuen Heimes, ein älterer Mann alleine lebt.

Die Mangos sind gerade reif. Der orange Saft fließt mir klebrig über das Kinn, als ich genüsslich reinbeiße und dabei auch den herrlichen Duft in die Nase kriege. Eine Bananenstaude wächst vor dem Haus und die Bananen beginnen sich bereits gelb zu verfärben. Und auf

den hohen Papayabäumen hängen einige riesige längliche Früchte, die aussehen wie riesige Melonen. Ich teste auch die Orangen, einige Früchte sind schon süß. Wir sind in der besten Zeit hier. Andreas beginnt Breie zu essen, aber er braucht keine fertige Babynahrung aus dem Glas. Wozu auch? Ich bereite ihm jeden Tag eine leckere Mahlzeit frisch aus unserem Garten.
Und Luis findet Arbeit. In einer staatlichen Diskothek samt Restaurant soll er die Küche leiten.
Unser Blatt scheint sich zu wenden. Wir sind abermals voller Hoffnung und glücklich.

In der Nähe stehen drei edle Pferde in einem primitiven Gebäude neben einigen Hütten, die sich äußerlich nicht allzu sehr vom Stall unterscheiden. Ich gehe hin und frage nach Reitmöglichkeit.
Die Tiere werden vom Besitzer nur ein paar Mal im Jahr zu festlichen Umzügen geritten, die restliche Zeit werden sie hier versorgt. Ein wenig Nebeneinkünfte kommen dem Mann, der sie versorgt gerade recht. Zehn Dollar verlangt er Pferdemiete pro Stunde, ein irrsinnig hoher Preis hier in Nicaragua. Ein unverschämter Preis.
Viele Nicaraguaner verdienen das nicht mal in einer Woche.
Ich aber habe die Pferde schon so vermisst und leihe mir nun öfter einen wunderschönen temperamentvollen Andalusierhengst, der wahrscheinlich aus lauter Freude darüber, dem Eingesperrtsein eine Weile entfliehen zu dürfen, stolz durch die Gegend passagiert. Eine Stunde lang in schwebenden Trabtritten wird es im Sattel aber anstrengend. Daraufhin probiere ich den ruhigeren Criollowallach, aber mit dem anmutigen Andalusier sind meine Ausritte doch viel interessanter und rasanter.

Hinter unserem Haus steht wie üblich ein Waschhäuschen.
Und ich gehe meinen hausfraulichen Verpflichtungen gewissenhaft nach. Um vor allem die Windeln sauber zu bekommen, koche ich auf dem Küchenherd Wasser. Das Waschpulver ist so aggressiv, dass ich einen juckenden Ausschlag bis zu den Schultern bekomme. Ich wundere mich, dass Andreas Haut verschont bleibt. Er muss die Windeln ja tragen.
Ich leiste mir ein Hausmädchen. Umgerechnet sechzig Schilling, also nicht mal fünf Euro zahle ich Lychia pro Woche für

Babysitten und Wäschewaschen. Sonst bleibt nicht viel zu tun, da unser Haushalt winzig ist. Sie hilft mir beim Kochen und zeigt mir die Zubereitung von heimischen Gerichten. Und ich mag ihre Gesellschaft. Lychia ist ein junges Mädchen von vielleicht siebzehn Jahren und hat zuvor in einem großen Haushalt schwer gearbeitet. Für die Hälfte des Lohnes, den ich ihr zahle, erzählt sie.

Ich nutze meine neue Freiheit und reite nun oft in den frühen Morgenstunden alleine aus. Um aus dem Randgebiet Managuas wegzukommen, muss ich durch Armenviertel reiten. Mir ist nicht wohl in meiner Haut, als Menschen mir nachschreien: „Americana, Kapitalista!"

Eine viertel Million Obdachloser lebt in Nicaragua. Eine Folge des Bürgerkrieges, der 15 000 Tote und über 30 000 Verletzte gefordert hat. Hellhäutige Personen sind in ihren Augen automatisch verhasste Amerikaner.

Bei den schäbigen Hütten, gedeckt mit Stroh oder Bambus, an denen ich vorbei komme, spielen nackte Kindern inmitten von schlammigen Hausschweinen und gackernden Federvieh. Die Familien leben hier unter unhygienischsten Bedingungen, die Hütten haben meist nur einen oder zwei Räume, in denen gekocht, gelebt und geschlafen wird.

Eine blonde Frau auf einem edlen, tänzelnden Pferd gehört hier nicht hin, muss Zorn und Hass erregen. Scham steigt hoch in mir, ich senke den Kopf und trabe eilig weiter.

Habe ich diese Zone geschafft, reite ich auf einsamen Wegen durch eine karge, ausgedörrte Landschaft mit einzelnen Hütten und viel Plastikmüll und Eisenschrott entlang der Wege.

Eines Tages wage ich mich weiter raus. Bunte Papageien begleiten mich mit lautem Gekrächzte, ich galoppiere durch Bananenhaine und tropischen Wald. Menschen sind mir seit geraumer Zeit nicht mehr begegnet.

Meine Einsamkeit wird je gestört, als ein finster blickender Soldat in Tarnuniform und mit Maschinengewehr mitten auf dem Weg steht. Ich reite schnell weiter, denke nicht an Umkehren.

Nach einigen hundert Metern aber endet mein Weg plötzlich und ich befinde mich zu meinem Schrecken inmitten einer ungefähr dreißig Mann starken Truppe, die auf einer kleinen Lichtung Zelte aufgebaut hat. Ich bin zufällig in ein geheimes militärisches Lager getappt. Jetzt bekomme ich es mit der Angst zu tun.

Schnell wende ich mein Pferd und galoppiere den Weg zurück, ohne noch einen Blick für die Schönheit ringsherum übrig zu haben. Ich atme auf, endlich habe ich die Straße erreicht, lasse mein Pferd aber weiter flott vorwärts traben. Hinter mir taucht ein grünlich-brauner Jeep auf, folgt mir einige Minuten, um mich dann zu überholen und vor mir zu halten.

Ich schwitze, nicht nur wegen der Hitze und dem schnellen Ritt. Zwei Militärs steigen langsam aus und betrachten mich ernst. „Que haces aqui? Was machst Du hier? Bist Du Amerikanerin? Für wen spionierst du im Wald?" Mir wird übel. Ich, eine Spionin? Wie lächerlich.

Vor kurzem waren amerikanische Truppen in Panama eingefallen und es wird befürchtet, sie könnten auch Nicaragua besetzen. Daher sind die Militärs in Alarmbereitschaft.

„Soy Austriaca, ich bin Österreicherin." „Australia?"

Wer soll hier ein kleines europäisches Land namens Österreich kennen? Nach meinen wiederholten Beteuerungen notieren sie meine Adresse, die mir fast nicht eingefallen wäre, und lassen mich weiterziehen, folgen mir aber noch eine Weile in ihrem Jeep.

Bin ich froh, als ich den Stall erreiche! Soweit werde ich mich alleine nicht mehr raus wagen.

Das Elend in Nicaragua ist allgegenwärtig. Seit fünfzehn Jahren ist Luis Ortega Präsident des Landes, Anfang 1990 verliert er die Wahl gegen die „Union nacional Opositora".

Neue Präsidentin wird Violetta Barrios de Chamorro.

Am Tag nach der Wahl ist Managua eine Geisterstadt, die Straßen menschenleer, ausgenommen vereinzelter Taxis und Busse. Die Bevölkerung vermutet, die Wahl sei boykottiert worden, viele Stimmen für Violetta seien gekauft worden.

Die Menschen fürchten einen Aufstand der Sandinisten. Aber nichts geschieht. Die neue konservative Regierung bedeutet auch Hoffnung auf ein endgültiges Ende des Bürgerkrieges, Verhandlungen mit den Contras stehen bevor.

Die Sandinisten haben viele Erfolge im Gesundheitswesen und in der Alphabetisierung des Landes vorzuweisen, aber durch eine

strenge Kontrolle der Wirtschaft ist die Bevölkerung immer ärmer geworden. Die Inflationsrate 1989 beträgt bis zu 500 %.
Luis und ich wechseln unsere mitgebrachten Dollars nur auf dem Schwarzmarkt, täglich wird mehr ausbezahlt. Die mobilen Geldwechsler auf ihren Fahrrädern oder Mofas haben immer größere Plastiksäcke prall gefüllt mit fast wertlosem Papiergeld auf die Gepäckträger geschnallt. Man hält sie auf der Straße auf und für einige US Dollars bekommt man eine riesige Papiermenge Cordobas. Die Lage ist katastrophal.

Unsere ebenfalls. Luis hat nach einem Monat Arbeit in dem staatlichen Lokal über Nacht seine Anstellung verloren, gleich allen anderen, die dort beschäftigt waren. Lohn gibt es keinen, niemand ist zuständig. Er ist verzweifelt.
„Kehre zurück nach Österreich, Margarita! Ich bin unfähig, Geld zu verdienen. Was soll ich nur tun? Dieses Land ist hoffnungslos."
„Wir bleiben zusammen. Dich trifft doch keine Schuld. Mach Dir keine Sorgen!" Ich beruhige ihn. „Wir gehen zum österreichischen Konsulat und lassen uns Geld überweisen."
Schon nach drei Tagen bekommen wir es.
Nachdem sie nicht mehr gemeinsam arbeiten, haben sich Luis und Roberto wieder angenähert. Die Freundschaft bekommt wieder eine Chance. Mir macht das Sorgen oder bin ich eifersüchtig?
Ich bin nun schon fünf Monate im Land, bald werden wir heim fliegen. Wir haben ein sechs Monate gültiges Ticket, das von Luis haben wir bereits verlängern müssen, da er ja früher eingereist war.

Zuvor wollen wir Nicaraguas Nachbarstaat Costa Rica besuchen.
Aus Kostengründen fahren wir mit dem Autobus.
Für dreizehn Stunden Fahrt bezahlen wir umgerechnet zwölf Dollar pro Person von Managua in die Hauptstadt San Jose.
Ein Flugticket hätte einhundert Dollar gekostet, da nehmen wir lieber diese Fahrt in Kauf, eingezwängt auf engen Sitzen, durch deren zerschlissenen Stoff Stahlfedern ragen, die blaue Flecken am Po verursachen und ein Genießen der Reise unmöglich macht.
Die Hitze liegt schwer und erdrückend auf uns. Klimaanlagen sind unbekannt, der Bus stammt aus den fünfziger Jahren.
Andreas beschwert sich immer wieder schreiend und weinend, auf

meinem Schoß ist es für ihn mit der Zeit genauso unbequem wie für mich. Wir können uns kaum bewegen und kleben schwitzend aneinander.

Zumindest haben wir einen Sitzplatz, andere müssen während der ganzen holprigen Fahrt stehen.

Auf dem Gang schieben manche Reisende Holzbretter zwischen die Sitze und haben so ebenfalls eine Sitzgelegenheit.

In Bussen, Taxis oder Pickups wird den Menschen das Mitfahren erlaubt, auch wenn diese schon an den Trittbrettern hängen oder sich auf den Dächern festklammern.

Mehr Fahrgäste, mehr Gewinn.

Ein Paradies, beinahe

Christoph Columbus hat dem Land seinen Namen gegeben.
Costa Rica - reiche Küste.
Man nennt es auch die „Schweiz Zentralamerikas"
Zu Recht, nach unserer Zeit in Nicaragua staunen wir über so viel Überfluss.
Wie schnell haben wir doch all den Luxus vergessen.
Die Hälfte des Staates ist bedeckt von Urwald, fünfundzwanzig Prozent der Landesfläche stehen unter Naturschutz. Geschützt als Nationalpark mit einer riesigen Artenvielfalt an Tieren und Pflanzen, wie es nirgends auf der Erde sonst gibt.
San Jose liegt auf fast 1000 Höhenmetern und hat dadurch ein angenehm mildes Klima.
Wir bleiben einige Tage in der Hauptstadt im Haus von Robertos Vater.
In den Straßen herrscht tagsüber buntes, reges Leben, nachts hören wir auch mal Schüsse.
Noch etwas höher gelegen im Ort „Paradiso" soll am kommenden Wochenende ein großes spirituelles Fest stattfinden.
Wir wollen dabei sein. Organisiert wird es von den dort ansässigen Hare-Krishna.
Sie bewirtschaften eine Rinderfarm und haben in den letzten Jahren ein eigenes kleines Dorf errichtet.
Ehepaare und Familien bekommen ein Haus zur Verfügung gestellt. Alleinstehende bewohnen eigene große Häuser, getrennt nach Geschlechtern.
Jeder der Bewohner hat eine Aufgabe, bei der Farmarbeit, in der Erzeugung der hauseigenen Lebensmittel, in der Herstellung von Räucherstäbchen oder im Verkauf dieser und der wichtigen Krishnalektüre. Eine ganze Reihe von Büchern war geschrieben worden und vor allem das Wichtigste, die Bagavad Gita soll unters Volk und neue Anhänger begeistern.
Der Chef, besser gesagt, der Guru der Sekte, empfängt uns.
Luis und Roberto fallen auf die Knie und zeigen ihm so ihre Ehr-erbietung.
Ich bleibe stehen und sage nur Hallo.

Er ist ja nicht mein Guru, so übertriebene Gesten mag ich nicht.

Da Luis und ich nicht verheiratet sind, wohnen wir getrennt. Es zählt aber sowieso nur eine Heirat nach den Riten der Hare Krishna Bewegung.

Luis im Männerhaus, ich mit meinem Baby bei den allein stehenden Frauen und Mädchen.

Die Tage bis zum Fest sind voller Vorbereitungsarbeiten. Es werden die köstlichsten Sachen gekocht und gebacken. Ich helfe mit, Blumengirlanden zu binden.

Verschiedene Sekten und Glaubensbewegungen treffen sich hier, um sich auszutauschen und im friedlichen Miteinander Gott oder Krishna oder wie immer er von den vielen Gruppen genannt wird, zu huldigen.

Ein Fest der Sinne und Freude beginnt. Drei Tage lang verbringen wir mit Singen, Tanzen, Predigen, Lachen und vor allem mit vielen vegetarischen Köstlichkeiten.

Am darauf folgenden Tag fahren wir in die Stadt.

Luis und sein Freund wollen in eine Bar. Alkohol und Drogen sind bei der Sekte strikt verboten, hier aber ohne die überwachenden Blicken ihres Gurus steht ihnen nichts im Wege. Bier, Rum, Marihuana – auf dieses Leben wollen die beiden bestimmt nicht ganz verzichten.

Mein kleiner Andreas ist natürlich überall dabei.

Durch unseren häufigen Wohnungswechsel klammert er sich sehr an mich. Er schläft überall ohne Probleme, aber eben nur mit mir. Allein lassen darf ich ihn nie. Er bekommt Angst und schreit sofort aus vollem Halse, wenn er alleine aufwacht.

Der Guru will erfahren, ob unser Kleiner später ein materielles oder spirituelles Leben wählen wird.

Um das herauszufinden legt er im Abstand von einigen Metern die Bagavad Gita und ein Schüsselchen voller Münzen auf den Boden.

Andreas wird in die Mitte gesetzt und vom Guru durch Blätterraschen des Buches und von einem anderen Anhänger der Gruppe mit Klimpern des Geldes gelockt.

Wie wird er sich entscheiden?

Wir warten gespannt, ich will diese Prozedur aber nicht ganz ernst nehmen.

Rascheln - Klimpern - Mein Baby ist an Beidem interessiert, er rutscht etwas in Richtung der Münzen, die ein so schönes Geräusch machen. Dann aber krabbelte er in die andere Richtung, sieht noch ein paar Mal unschlüssig zum Materiellen, aber schließlich überwiegt das Rascheln des Buches.
So eine Freude von Papa und dem Guru. Stolz wirbelt Luis sein Söhnchen durch die Luft.
„Ich wusste es. Du wirst ein weiser Mann, Cariño!"
Ich lächele. Dagegen habe ich bestimmt nichts. Wir werden ja sehen.

Der Tag beginnt hier früh. Ab vier Uhr morgens ist Studium der Bagavid Gita, währenddessen bunte Blumengirlanden gefertigt werden. Um sechs Uhr feiert man täglich die Messe, nicht vergleichbar mit einer Messe in einer christlichen Gemeinde, denn hier wird hauptsächlich getanzt und gesungen. Das gefällt mir, die Stimmung ist herrlich, sollte man in unseren Kirchen auch versuchen, denke ich, es macht Spaß.
Andreas jauchzt vor Vergnügen, wenn ich oder sein Papa ihn beim Tanzen durch die Luft wirbeln. Dann endlich wird das Frühstück serviert, die Teller gefüllt mit duftenden wunderbaren vedischen Speisen.
Dies alles dauert bis in den späten Vormittag. Bei uns in Europa würde man jetzt schon auf das Mittagessen warten.

Auf dem Gelände der Farm ziehen ein Dutzend halbwilder kleinwüchsiger Pferde herum.
Niemand beschäftigt sich mit ihnen.
Ich frage den Guru „Kann man auf denen reiten?" Er lächelt mich milde an „Einige sind zugeritten."
„Darf ich mir eines nehmen?"
„Frage deinen Mann, wenn er es erlaubt, darfst du."
Wo bin ich hier denn gelandet? Wenn mein Mann es mir erlaubt! In welchem Jahrhundert leben wir denn?
Ich ärgere mich, verzichte sogleich auf mein Vorhaben.
Luis ist glücklich.
„Margarita, bleiben wir doch hier. Ich bekomme Arbeit und wir leben im Paradies."

„Hier bleiben? Aber Luis! Die betreiben doch eine Gehirnwäsche! Den ganzen Tag laufen Musik und Videos der Hare Krishna, die Menschen hier sind vollkommen abhängig!“

„Das stimmt so nicht. Das ist wie in einer riesigen Familie hier. Und es wird für uns gesorgt!“

„Sieh Dir doch die Brüder genauer an. Wenn die erst ein paar Jahre hier leben, verstehen sie die Welt nicht mehr. Die finden sich absolut nicht mehr zurecht draußen!“

Wir haben beim Besuch in der Bar letztens einen jungen Mann kennen gelernt, der nach zwei Jahren in dieser Abgeschiedenheit ins Drogenmilieu abgerutscht ist. Er versteht die raue Realität nicht mehr abseits der Farm, wo ihm alle Entscheidungen abgenommen worden sind. Das Leben fernab dieser Gemeinschaft macht ihm Angst, er fühlt sich überfordert.

„Du kannst Dir die Pferde nehmen und mit ihnen arbeiten. Vielleicht Reittouren machen für Touristen. Das wäre doch fantastisch. Ich habe schon mit dem Guru geredet.

Und ich verkaufe Bücher, dann komme ich auch ein wenig raus.“

„Ich bleibe nicht bei der Sekte! Niemals!“

„Margarita, komm schon. Vertrau mir. Es geht uns gut hier.“

„Du kannst ja bleiben, ich geh zurück nach Österreich!“

Das will ich eigentlich gar nicht. Die Aussicht, mit den Pferden zu arbeiten, verlockt mich schon. Doch ich denke sofort an die Regeln hier – wenn es Dein Mann erlaubt, wenn es der Guru erlaubt, immer wieder. Nein, nicht mit mir.

In dieser kurzen Zeit habe ich mich sehr wohl gefühlt, beschützt, behütet, den Frieden abseits von Hektik und Lärm genossen.

Damit ist es nun vorbei. Luis und ich streiten uns ständig. Er will sich durchsetzten, ich weigere mich.

Roberto ist abgereist, hat sich an sein Restaurant erinnert. Der Boss sollte sich wieder mal blicken lassen.

Endlich ist Luis einverstanden, die Hare Krishna Farm zu verlassen.

Wir wollen noch etwas von dem schönen Land sehen und fahren mit dem Bus an die Pazifikküste. Dort mieten wir am Rande eines Nationalparks ein kleines Ferienhäuschen.

Die Welt zwischen uns ist wieder in Ordnung.

Hier kann sie einfach nur perfekt sein, es ist wunderbar. Schmetterlinge tanzen durch die Luft, die so unbeschreiblich rein ist und nach Meer riecht.

Andreas krabbelt vergnügt am Strand, stopft sich weißen, feinen Sand in den Mund und macht mit uns erste Schwimmversuche im Pazifik.

Das ist aber oft ziemlich gefährlich, denn die Wellen dieses stürmischen Meeres türmen sich manchmal meterhoch auf.

Luis wird von einer solchen zurück an den Strand geworfen, noch Monate später leidet er an Schmerzen in der Schulter.

Ich rette mich zum Glück gerade noch an das Ufer, als ich in der Ferne die Wand aus Wasser auf uns zukommen sehe. Der Sog ist schon fast zu stark, ich spüre die Panik in mir hochkommen, aber ich schaffe es zurück an den rettenden Strand.

Davon abgesehen macht es Spaß, unter weniger gewaltigen Wellen durch zu tauchen und sich sanft an den Sandstrand zurück gleiten zu lassen.

Im Schatten zwischen dichten Bäumen spannen wir unsere Hängematte, Andreas schläft darin, wenn er vom Spielen müde ist. Ich verknote einfach die herabhängenden Quasten über ihm, damit er nicht herausfallen kann. Eine etwas andere Art von Gitterbett.

Im angrenzenden Urwald begegnen uns kreischende Affen, die uns Bananen aus der Hand fressen. Eigentlich ist es streng verboten, sie zu füttern. Sie sollen nicht zahm und damit lästig für die Besucher werden. Parkwächter prüfen manchmal die Taschen der Besucher und achten streng auf Sauberkeit im Park.

In unserem kleinen Strandhäuschen gibt es leider keine Möglichkeit, Trinkwasser für Andreas abzukochen. Das ist nur in einem winzigen Restaurant in der Nähe möglich.

Ich aber weiß mir anders zu helfen. Außer meiner Muttermilch bekommt er nun Kokosmilch zum Trinken, die er schon geschickt mit einem Strohhalm direkt aus der Nuss trinkt. Wir kaufen die noch grünen Nüsse am Strand. Bei der feuchttropischen Hitze hier sind wir ständig durstig.

Eines Nachts stille ich Andreas, ich sitze auf dem Bett, meine Füße auf dem Boden.

Ich spüre irgendwas an meiner Zehe. Was ist das?

Ich suche nach dem Lichtschalter.

„Iiih! Luis - ein Krebs!“

Eigentlich eine Krabbe, eine rote Landkrabbe, ungefähr acht Zentimeter groß, sieht schön aus, schwarz mit roten Scheren. Aber meine Zehen braucht er nicht anzuknabbern.

Luis schläft selig weiter.

Kakerlaken war ich schon gewohnt, aber Krabben im Haus?

Das Mädchen, das täglich die Ferienhäuser putzt, schleudert das zappelnde Tier morgens einfach durch die Eingangstür ins Freie.

Es landet direkt hinter zwei vorbeispazierenden Touristen, die sich, durch das Geräusch aufmerksam geworden, umdrehen und schreiend davonlaufen.

Doch nicht vor dem kleinen Tier? Nein.

Vor unserem Chalet saß auf einem warmen Stein starr und stolz ein über ein Meter langer Leguan. Wir sehen ihn dort jeden Tag. Er sitzt dort, den Kopf majestätisch zum Himmel gereckt und wartet, dass die Sonne seinen Körper erwärmt und beweglich macht.

Krabben gehören zur Lieblingsbeute dieser Riesenechsen. Er sieht also meinen Zehenbeißer durch die Luft sausen und noch bevor dieser auf den Boden aufknallt, setzt er sich in einem nicht vermuteten rasenden Tempo in Bewegung.

Und die Urlauber denken anscheinend, er wolle sie angreifen.

Ich beobachte es von unserer Terrasse aus und lache über die zu Tode erschrockenen Gesichter der Beiden. Sie kreischen überrascht und sind starr vor Schreck. Starr wie die davor die Sonne anbetende Echse.

***

Unsere Zeit hier geht zu Ende.

Robertos Vater nimmt uns in seinem Auto mit zurück nach Managua.

Wir versprechen uns, irgendwann zurückzukommen nach Costa Rica. So viel gäbe es hier noch zu sehen.

Leider bekommt man als Ausländer keine Arbeits- und Aufenthaltsgenehmigung.

Man ist willkommen, wenn man Devisen ins Land bringt oder ein Unternehmen gründet, aber vorhandene Arbeitsplätze bekommen nur Einheimische. Schade.

Unser Haus in Managua haben wir bereits vor der Abreise nach Costa Rica gekündigt. Darum ziehen wir wieder in unser altes Zimmer in Robertos Restaurant.

Die feuchte Hitze hier in Managua ist viel intensiver als in Costa Rica. Die Regenzeit hat begonnen. Mehrmals täglich gehen gewaltige Wolkenbrüche nieder, manchmal stelle ich mich einfach in den Regen und freue mich über die herrliche Abkühlung. Gleich darauf erdrückt uns wieder unbarmherzige Hitze.

Tagsüber verkriechen wir uns in unserem Zimmer. Andreas dusche ich mehrmals am Tag – kalt. Oder ich setze ihn auf der schattigen Terrasse in sein Planschbecken, eine einfache Blechschüssel, die in der Sonne schnell so heiß wird, dass ich sie nicht mehr anfassen kann.

Bevor wir nach Österreich zurückfliegen, wollen wir unbedingt die Karibik besuchen. Bisher kennen wir doch nur die Pazifikküste.

Zirka siebzig Kilometer vor dem Festland Nicaraguas liegt Corn Island „Isla de Maiz".

Obwohl der Name der Insel in Wahrheit von Carne - Fleisch – kommt und nicht von Korn.

Die Insel gehört zu Nicaragua.

Dort wollen wir hin. Wir nehmen wieder einmal einen Autobus und fahren nach Bluefield, eine bunte Hafenstadt mit karibischem Flair, genau wie wir es uns vorgestellt haben. Lärm in den Straßen, Hupen, Schreien und laute Musik. Und hübsche, dunkelhäutige Menschen mit Lächeln im Gesicht und Rasterzöpfen.

Wir suchen nach einer günstigen Möglichkeit um auf die Insel zu gelangen.

Es gibt zwar Flüge, doch unsere Finanzen schrumpfen schnell. Das ist nicht drin, unmöglich.

Luis findet im Hafen ein Frachtschiff, das unsere Insel anlaufen wird. Die Überfahrt kostet nur ein paar Dollar. Fast überall will man von uns amerikanische Dollars, die einheimischen Währung, der Cordoba, verfällt dermaßen schnell, dass er von Ausländern als Zahlungsmittel nicht gern akzeptiert wird.

Außer uns nutzen das Schiff noch drei weitere Touristen, zwei Franzosen und ein Kanadier als günstige Reisemöglichkeit ebenso wie einige Bewohner der Insel, die vom Festland zurückkehren.

Das Schiff hat nur eine kleine überdachte Kajüte. Anfangs sitzen wir zwischen allen möglichen Gegenständen im Freien, zwischen Eisenträgern, Holzpfosten, Möbel, dazwischen angebundenen quiekenden Schweinen und laut protestierenden gackernden Hühnern in winzigen mit Tüchern bedeckten Käfigen.

Mir geht es schlecht!

Benommen vom Schaukeln des Schiffes habe ich die Hände an meinen Bauch gepresst, mich plagt die Seekrankheit. Mir ist speiübel.

„Wie spät ist es?" Ständig frage ich, vier Stunden soll die Fahrt dauern. „Wie lange noch?"

Der kühle Meereswind lässt uns die Hitze und die gefährlichen Sonnenstrahlen kaum spüren, wir bleiben dadurch zulange im Freien. Schließlich quetschen wir uns in die kleine Kajüte. Eingepfercht zwischen den anderen, die in den Schatten geflüchtet sind, sitzen wir am Boden.

Andreas überlasse ich Luis, in meinem Zustand kann ich mich nicht auch noch um ihn kümmern. Hoffentlich kommen wir bald an, an anderes kann ich nicht denken.

Luis macht das Schaukeln des Schiffes nichts aus, sein Vater war Kapitän der uruguayischen Marine gewesen, als kleiner Junge war er oft mit an Bord.

Unser Kleiner scheint auch gut mit diesem Auf und Ab der Wellen zurecht zu kommen. Erst beobachtet er interessiert seine Umgebung, bald aber wird er in den Schlaf gewiegt.

Bin ich froh, als wir endlich auf der Insel anlegen.

Über Corn Island war 1988, also vor knapp zwei Jahren der Hurrikan Joan hinweg gefegt und hatte unvorstellbares Leid angerichtet.

Von den ehemals 5000 Einwohnern waren Hunderte ums Leben gekommen, die Insel vollkommen zerstört worden.

Man erzählt uns, keine einzige Palme war stehen geblieben, alle Häuser und Hütten sowie die zwei einzigen Hotels der Insel waren zerstört worden.

Die Häuser sind wieder aufgebaut worden, Palmen ragen wieder einige Meter hoch, aber von den Hotels sind nur Ruinen stehen geblieben. Viele Inselbewohner sind auf das Festland übersiedelt.

Es gibt zwei kleine Gästehäuser. Häuser von Fischern direkt am Strand, eines mit zwei Zimmern, die leider belegt sind und ein weiteres mit vier Zimmern. Dort mieten wir uns ein. Eine Woche wollen wir bleiben, vielleicht zwei.

Mit uns sind ganze sechs Touristen hier auf der Insel, abenteuerlustige Rucksacktouristen wie wir.

Andreas ist sofort der Liebling aller. Unser blond gelocktes Baby erobert überall die Herzen. Die dunkelhäutigen, einheimischen Kreolen finden ihn wunderschön und wollen ihn ständig hochnehmen und herzen.

Welch ein unbeschwertes Leben scheint hier zu herrschen. Sehr einfach, um nicht zu sagen primitiv leben die Inselbewohner, die meisten in Armut.

In unserem Zimmer steht ein Bett mit einem riesigen Moskitonetz darüber, das Wichtigste hier.

Die Toilette ist im Hinterhof, Marke „Plumpsklo". Die Dusche für alle steht daneben, ein kleiner betonierter Raum mit Technik von vorgestern. Man zieht an einer Schnur und kaltes Wasser tropft aus einem großen Kanister. Wozu mehr?

Zwanzig Meter weiter können wir in türkisblauem sauberem Wasser baden, das so klar ist, dass wir bis zum Meeresboden sehen und farbenprächtige exotische Fische und Korallen beobachten können. Ohne das wir dafür schnorcheln oder weit hinausschwimmen müssen - direkt vor unserer Tür sozusagen.

Meine Seekrankheit ist vergessen, ich bin glücklich.

Am Abend wandern wir über den lang gezogenen Strand zum kleinen Lokal an dessen Ende.

Ich will barfuß gehen, der weiße feine Sand fühlt sich so gut und warm an.

„Nimm dir Schuhe mit." Luis besteht darauf.

„Wenn wir heim marschieren, wird es dunkel sein und du wirst nicht sehen, wohin du trittst."

Ich halte das zwar für unnötig, aber gut.

Zwei Stunden später, nachdem wir herrlich schmeckenden Fisch gegessen haben machen wir uns auf den gleichen Weg zurück.

„Was ist das?"

Unter meinen jetzt beschuhten Füßen liegen, nein bewegen sich ... ja was denn? Steine?

Der vorhin weiche sandige Untergrund hat sich verwandelt. Tausende, nein, Zig-Tausende von krabbelnden, dunklen, bis zehn Zentimeter breiten Tieren mit starken Scheren bedecken den Strand. Soweit man sehen kann, alles ist in Bewegung, langsam, aber doch.

Es handelt sich um Reiterkrabben, die sich während der Ebbe tief im Sand in Höhlen eingegraben aufhalten und die nun bei der gerade einsetzenden Flut und kühler Nacht wieder aus ihren Verstecken kommen. Und sich bei der nächsten Ebbe wiederum tief im Sand verstecken, sich so schützen vor Hitze und Austrocknung.

Unmöglich, nicht einige Male auf sie zu treten bei dieser Finsternis. Wie viele Zehen hätten mir am Ende wohl gefehlt ohne Schuhe?

In unserer ersten Nacht auf der Insel wird in unserer Herberge eingebrochen.

Zum Glück nicht in unserem Zimmer, aber in das nebenan, in dem ein Franzose schläft.

Der Einbrecher war ganz leicht durch das offene Fenster geklettert, leise und unbemerkt vom Schlafenden.

Dieser hat in weiser Voraussicht sein Geld und andere Wertsachen bei sich im Bett unter den Kopfpolster gelegt. Aber seine Kamera wird ihm gestohlen, und einige Kleidungsstücke.

Gleich morgens kommt die Policia, aber der Dieb ist natürlich längst über alle Berge oder besser gesagt über alle Meere.

∗∗∗

Neben Corn Island liegt noch eine winzige Insel, Little Corn Island. Diese ist vom Hurrikan weitgehend verschont geblieben.

„Dort gibt es noch unberührten Urwald. Nur einige hundert Menschen leben dort." erzählt uns unsere Wirtin.

„Ein Fischer kann euch für ein paar Cordobas rüberbringen, dauert nur eine Stunde, die Überfahrt."

„Schon wieder auf ein Boot?" Ich zögere, aber Luis überredet mich.

Wir besprechen uns mit zwei Pärchen, die auch hier einquartiert sind. Sie sind dabei.

Wir suchen den Fischer und besteigen zu sechst, nein zu siebt mit unserem kleinen Abenteurerbaby ein wackeliges kleines Fischerboot.

Mehr Leute hätten auch gar nicht Platz gehabt.

„Wie schön! Herrlich, das Meer hier. So viele verschiedenen Blau- und Grüntöne. Ich wusste nicht, dass es die gibt!“ Ich staune und strecke meine Hand in das Blau. Kühl und angenehm umspielt mich das Wasser. „Sieh nur, so viele Fische!“

Luis lacht. „Das Paradies. Hier sollten wir bleiben, was Margarita?“

„Oh ja, das wäre ein Leben!“

Wir verbringen wieder eine Stunde in der prallen Sonne, vorsichtshalber bedecke ich Andreas mit einem Tuch, um seine zarte Babyhaut zu schützen.

Meine Haut, die leicht Farbe annimmt ist tief gebräunt, an den Schultern und auch im Gesicht beginnt sie sich aber an manchen Stellen zu schälen.

„Siehst aus wie eine Schlange!“ meint Luis.

Er hat gut lachen, ihm macht die Sonne kaum zu schaffen. Er sieht fantastisch aus, sein Körper dunkelhäutig, die Haut nie verbrannt.

Wir legen irgendwo an einem kleinen unberührten und einsamen Strand an. Einige Meter hinter dem schmalen weißen Sandstreifen ist eine dichte grüne Wand aus Urwald.

Aus riesigen Blättern und abgebrochenen Ästen bauen wir für Andreas ein Zelt. Dort macht mein kleiner Urwaldprinz nach dem Planschen im Meer sein Schläfchen.

Bewaffnet mit einer riesigen Machete und angeführt von den Einheimischen, machen sich Luis und die anderen auf den Weg in das Innere der Insel. Ich bleibe bei meinem schlafenden Kind.

Hier gibt es keinen Pfad, sie schlagen sich den Weg einfach frei. Ich sehe ihnen nach, bis sie im Dickicht verschwinden.

Eine wunderbare Stille umgibt mich. Nur die Wellen rauschen leise, wenn sie auf das Trockene treffen, ab und zu kreischt ein unbekannter Vogel irgendwo. Vielleicht ein Papagei oder Tukan. Ich lege mich in den warmen Sand und bin einfach nur glücklich.

Eine Stunde ist vergangen, Andreas aufgewacht und wir spielen mit den Blättern Verstecken.

Mein Kleiner ist ein starkes Baby, noch keine neun Monate alt, aber an der Hand macht er bereits erste Schritte. Mein blitzschneller Krabbelmeister beginnt zu laufen.

Schon im Alter von sieben Monaten zog er sich an Bänken oder Betten hoch und umrundete sie alleine. Ohne hinzufallen. Das Klima hier tut ihm gut, auch die Kost. Alles natürlich, frisch, keine Konserven. Ich bin stolz auf unser Kindchen.
Viel sind wir in den letzten Monaten herum gezogen. Von einem Ort zum nächsten, immer wieder neue Umgebungen, neue Gesichter.
Für viele mag undenkbar sein, mit einem Baby derart herum zu reisen. Dabei ist es so einfach. Hauptsache, Mami ist da und eine Brust, die immer zur Verfügung steht, wenn klein Andreas schnell Hunger oder Durst bekommt oder nur Trost sucht.

Luis und seine Gefährten kehren zurück.
„Sieh mal! Hier!"
Er zeigt auf seinen Fuß, zieht den rechten Schuh aus.
„Eine Schlange hat mich gebissen. Da."
„Mein Gott! Man kann ja die zwei Abdrücke der Zähne deutlich sehen!"
Luis ist blass. „Es heißt doch, wenn man die Zahnabdrücke erkennt, handelt es sich um eine Giftschlange."
„Wie fühlst Du Dich?" Auch der Fischer macht sich Sorgen.
„Wir müssen schnell auf die Insel zurück!"
Ich gerate in Panik.
„Hätte keinen Sinn. Auf der Insel gibt es sowieso nur eine kleine Krankenstation. Da müssten wir schon aufs Festland. Bis dahin bin ich längst tot!"
„Aber ein Gegengift haben sie da bestimmt. Irgendwas müssen wir doch tun!"
„Ich spüre keine Veränderung, gar nichts. Die Schlange hat sicher nicht fest zugebissen, vielleicht hat sie ihr Gift auch schon vorher an einer anderen Beute verbraucht."
Wie kann er nur so cool bleiben, aber das ist er sicher nur an der Oberfläche. Ich kenne ihn, spielt starker Mann. Er muss doch Angst haben.

Die Zeit vergeht, nichts geschieht.
Luis hat großes Glück. Stiefel wären hier in diesem undurchdringlichen Urwald Pflicht gewesen. Aber wer hat die schon?
Von ihrer Entdeckungstour haben sie Mangos und eine Menge

Bananen mitgebracht. Ganz kleine Früchte, aber im Geschmack einfach toll. Die Bananen, die man bei uns daheim im Supermarkt bekommt, haben mit diesen Früchten nicht viel gemeinsam. Jetzt erst weiß ich, wie sie schmecken sollten. Herrlich!
Und der duftende Saft der Mangos rinnt uns zuckersüß übers Kinn, einfach himmlisch.
Nach diesem Genuss führt mich Luis ein Stück in den Wald. Andreas bleibt bei der kanadischen Frau, die mit dabei ist.
Luis zeigt mir eine fast nicht erkennbare kleine Ansammlung von Hütten mitten im grünen Dschungel. „Da leben Indios“
Menschen sind keine zu sehen. Wir verhalten uns leise und kehren lieber wieder um.
Nach einem letzten Bad im lauwarmen Meer ist es an der Zeit, nach Corn Island zurück zu kehren.
Die Sonne hier nahe dem Äquator geht sehr schnell unter und sie steht schon tief.
Luis Fuß zeigt keine Veränderungen, weder Taubheitsgefühle noch Schmerzen. Nur zwei kleine rote Punkte beweisen, dass eine Schlange zugebissen hat. Wie leicht hätte dieser wunderschöne Tag tragisch ausgehen können.

Müde verkriechen wir uns unter dem riesigen Moskitonetz, unser Bett bietet genug Platz für uns drei.
„Ihr wart auf Little Corn Island?“ Der Besitzer des kleinen Restaurants schüttelt seinen Kopf, als wir am nächsten Tag von unserem Ausflug erzählen.
„Habt Ihr um eine Besuchsgenehmigung bei der Polizei angesucht?“
Wir verneinen verwundert. „Warum hätten wir das denn machen sollen?“
„Die Polizei behauptet, es ist dort sehr gefährlich. Es sei ein Zufluchtsort für Verbrecher, Drogenhändler. Touristen werden bis auf die Unterhosen beraubt, wenn sie sich dort hin wagen!“
Ich erschauere. Das kann ich nicht glauben. Auf dieser einsamen, kitschig wunderschönen Insel?
„Wir, die Bevölkerung, wissen aber, die Polizei sagt nicht ganz die Wahrheit!
Little Corn Island ist ein Schmuggelplatz. Drogen werden dort

gegen Waffen getauscht und die Polizei steckt mit drin. Darum erlauben Sie niemanden, die Insel zu besuchen!
Zur Sicherheit der Touristen – eher als Sicherheit für die Policia!"
„Na, dann haben wir noch mal Glück gehabt!"
Luis nimmt es gelassen, sein Schlangenbiss steckt ihm noch in den Knochen.
Wir freuen uns, an diesem Morgen ist ein Zimmer in der zweiten Herberge freigeworden.
Es gefällt uns dort besser, also ziehen wir um. Es liegt direkt am einsamen Strand vor dem Dorf, die Ausstattung ist von gleicher Schlichtheit. Aber wir brauchen nicht mehr. Wie schon in dem anderen Haus wird uns auch hier nur ein Platz zum Nächtigen geboten, verköstigen müssen wir uns selber.
Dafür gibt es das kleine Restaurant, einige Bars und einen winzigen Laden.
Alles ist hier teurer, die meisten Lebensmittel werden vom Festland hergebracht, Landwirtschaft gibt es auf der Insel kaum, seit dem Hurrikan sind die Bewohner noch abhängiger vom Festland.
Leider haben wir nur wenig Geld wechseln lassen, die Kurse hier sind für uns nicht so attraktiv wie in Managua, die Leute wollen auch lieber in Dollar bezahlt werden.

Den dritten Tag auf der Insel verbringen wir mit Nichtstun träge am Strand und im Wasser.
Unsere Gastgeberin Maria, eine dunkelhäutige kreolische Frau von beachtlichen Umfang vergöttert unseren kleinen Schatz, trägt ihn herum und küsst in ununterbrochen. Sie singt den ganzen Tag und lacht, sobald sie uns sieht. Für Andreas bereitet sie duftende Breie, keine Ahnung, was sie rein tut. Es riecht köstlich und schmeckt unserem Kleinen. Der hat einen kaum zu stillenden Appetit.
Nachts lässt er mich nie durchschlafen. Meist verlangt er zweimal nach meiner Brust. Ich lasse ihn gewähren, er darf an meinem Busen nuckelnd ganz nahe bei mir einschlafen. Diese Zeit gehört nur ihm und mir und ich nehme es gerne hin, dass er mich so oft weckt.
Wir wollen die Insel näher erkunden und packen am nächsten Morgen unseren Rucksack. Andreas bleibt bei Maria. Wir werden ihr ein paar Cordobas geben für das Babysitten nach unserer Rück-kehr.

Obwohl wir ihr unser Kind anvertrauen, wagen wir nicht, unser Geld, die Pässe und Flugtickets im Zimmer zu lassen. Wenn uns auch jemand bestiehlt?

Nach dem Vorfall in der anderen Herberge wollen wir nichts riskieren und packen alles in den Rucksack, gemeinsam mit meiner Kamera, Proviant für einen halben Tag und zwei Strandtüchern.

Ich gebe Andreas einen letzten Kuss und wir machen uns auf den Weg.

Wir überqueren den uns bereits bekannten Strand, an dessen Ende das Restaurant, die Ruinen der ehemaligen Hotels und ein paar einfache Hütten stehen. Dort begegnen uns einige Einheimische.

Die Bewohner der Insel sind Nachkommen von afrikanischen Sklaven, Indios und europäischen Siedlern. Große, sehr schwarze und gut aussehende Menschen, gesprochen wird neben spanisch und englisch hauptsächlich kreolisch. Klingt wie eine Mischung aus Englisch, Spanisch und Französisch. Von allem ein bisschen.

Die Leute sehen uns neugierig nach, Touristen fallen hier auf.

Die nächste Stunde suchen wir uns einen Weg entlang des felsigen Küstenabschnittes.

Es ist um die Mittagszeit, die Sonne glühendheiß. Die Einsamkeit nutze ich und bin nur mit meinem Bikinislip bekleidet. Um den Kopf haben wir Tücher geschlungen, die wir immer wieder in das Meerwasser tauchen. Das verschafft ein wenig Abkühlung.

Luis hat von Maria eine Machete geliehen. Wir können sie gut gebrauchen, manchmal muss Gestrüpp beseitigt werden und Luis schlägt einige Kokosnüsse von den halbhohen Palmen, um unseren Durst zu löschen. Unser Trinkwasser wollen wir sicherheitshalber nicht zu schnell verbrauchen.

Traumhaft ist diese unberührte wilde Natur. Rechts von uns das Meer, das tosend gegen die Felsen schäumt, dazwischen Abschnitte von romantischen winzigen Sandstränden, vor uns Felsen, Sand, vereinzelte Palmen und auf der linken Seite dichter Urwald. Die Klippen werden höher, unser Spaziergang wird zwischendurch zur Kletterpartie.

Plötzlich ein Schrei.

„Leave the bag!" Ich verstehe den Sinn des Satzes nicht sofort.

Wir sehen zu den Klippen hoch. Halb versteckt hinter einem Baum steht ein riesiger, schwarzer Mann.

Er wirkt jedenfalls riesig. In der Hand ein Gewehr.

Das auf uns zielt.

Ein russisches Schnellfeuergewehr, wie ich später erfahren soll.

„Oh mein Gott!"

Schnell binde ich mir das Tuch um meinen nackten Oberkörper.

Frauen zeigen sich hier nicht oben ohne. Einheimische Frauen gehen sogar in Kleidern schwimmen.

„Was ist los, Freund?"

Luis versucht ein Gespräch. „Willst du was von unserem Essen? Wasser?"

Ich höre die Nervosität in seiner Stimme. Ich kann nicht klar denken, mich nicht bewegen. Wir sind so weit weg von den letzten Häusern. Vor einer Stunde waren wir an einer Hütte mit einem Wachposten vorbeigekommen. Der nicaraguanische Soldat hat uns noch freundlich gegrüßt. Oder misstrauisch? Ist jetzt auch egal.

„Leave the bag!" er schreit, ich schlottere.

Er steht zehn Meter über uns, wir ungeschützt vor ihm. Ich wage kaum zu atmen.

„Bleib ruhig, Amigo, ruhig!"

Luis sucht nach einem Ausweg, will ihn beruhigen.

Zwecklos. Ein Schuss wirbelt den Sand einen Meter vor unseren Füssen auf.

In meinem Kopf verworrene Gedankenblitze.

Sehe uns tot im Meer treiben, ich davor noch vergewaltigt. Unsere Körper würden irgendwo irgendwann angeschwemmt werden, aufgedunsen, unerkenntlich. Keine Ausweise. Unser Sohn würde auf der Insel aufwachsen ...

Ich erwache aus meiner Erstarrung, der Albtraum bleibt.

Luis nimmt ganz langsam den Rucksack von den Schultern.

„Tranquillo! Ruhig! No Problem!"

Der Kreole fuchtelt mit dem Gewehr. „Machete! Leave!"

„Okay, okay, no Problem."

Luis legt beides, Rucksack und Machete auf den Boden.

„Go! Go!"

Warum schreit er nur so? Wir sind ja nicht taub. Nur mein Körper.

Er zeigt mit dem Gewehr in die Richtung, in die wir ursprünglich

sowieso wandern wollten. Wir bewegen uns langsam rückwärts, unseren Blick auf die Waffe. Als der Verbrecher diese wieder hebt und anlegt, rennen wir panisch die letzten Meter, die uns von einem hohen Felsen trennen. Dahinter sinken wir zu Boden.
Mein Körper zuckt unkontrolliert. Ein Schüttelfrost hat mich gepackt, Tränen rinnen mir lautlos über das Gesicht. Ich bin stumm vor Entsetzen.
Luis beruhigt sich schneller und nimmt mich in die Arme.
„Ich habe gedacht, wir müssen sterben." Ich stottere.
Zehn Minuten verstreichen, bis wir den Mut fassen, hinter unserem Felsen hervorzukommen. Wir sehen uns zögernd um, wagen nur zu flüstern.
Stille. Nur das gleichmäßige beruhigende Rauschen des Meeres. Als wäre nichts passiert.

Unser Rucksack und die Machete sind verschwunden. Keine Spur von dem Mann.
Ist er weg? Oder denkt er doch daran, uns zu erschießen und wartet in einem Versteck?
„Komm, wir laufen zu dem Wachhäuschen."
Luis meint wirklich laufen, meine Beine wollen nicht richtig gehorchen.
Unser ganzes Geld, sechshundert Dollar! Die Pässe und Flugtickets – alles weg!
Mir schwindelt.

Was hatte der Botschafter gesagt, als wir vor der Reise nach Costa Rica im Konsulat gewesen waren? Wenn wir was bräuchten, sollten wir noch im April kommen, denn wegen Heimaturlaub in Österreich wäre die Botschaft im Mai geschlossen.
Das auch noch. Wir haben bereits Mai.

Schweiß rinnt mir über Gesicht und Rücken.
So schnell wie möglich wollen wir zu Menschen. Die Einsamkeit, die wir so wunderbar fanden, ist plötzlich unheimlich und Furcht einflößend.
Endlich taucht das kleine grün gestrichene Haus des Militärs auf.
Luis berichtet aufgeregt. Ich schaue verwundert auf die Schokolade,

die uns der Soldat scheinbar gelassen hinhält. „Iss“
Obwohl mir nicht danach ist, nehme ich ein Stück und stopfe es in den Mund.
„Gegen den Schock.“ Es hilft wirklich, ich beruhige mich.
Der Soldat greift zum Telefon und bittet um Verstärkung. Die Verfolgung wird sofort eingeleitet. Es dauert nicht lange, bis die Männer eintreffen.
Die Insel ist klein, Verdächtige werden genannt. Wir sollen uns nicht sorgen, der Mann werde schnellstens gefasst. Sie machen uns Mut.
Ich will nur noch eines.
Zurück zu meinem Baby, ihn in die Arme nehmen. Nur daran kann ich denken.
Ich habe solche Sehnsucht nach ihm.
Ein Soldat fährt uns zu unserer Unterkunft.

„Andreas!“ Ich drücke ihn fest, sauge seinen wunderbaren Babyduft in meine Nase.
„Ich hab dich so lieb.“ Alles ist gut in diesem Moment.
Unsere Lage wird uns erst langsam bewusst.
Kein Geld. Keine Flugtickets. Keine Pässe.
Ich will am liebsten sofort zurück nach Managua. Das ist aber nicht möglich.
Ein Polizeibeamter holt uns zur Befragung ab.
Wieder beschreiben wir den Täter.
Nach diesem wird bereits gesucht. Der Hauptverdächtige ist verschwunden, seine Frau wird vernommen. Sie weiß nicht, wo er sich aufhält. Man glaubt ihr aber nicht.
Wir werden um Geduld gebeten und ersucht, bis zur Auffindung des Mannes auf der Insel zu bleiben.
Der Beamte kramt in einem Schrank hinter seinem Schreibtisch und stellt uns eine riesige Dose hin. Milchpulver, zehn Kilogramm.
Ich brauche einen Augenblick, um zu verstehen. Für mein Baby ist es gedacht. Damit es nicht hungern muss.
Der Bürgermeister betritt den Raum. Er entschuldigt sich für das Vorgefallene. Er schämt sich, dass auf seiner kleinen Insel Touristen überfallen werden. Wo doch ohnehin kaum noch Ausländer kommen seit dem Hurrikan.

Er bringt zwei große Flaschen Speiseöl mit. Die schenkt er uns.
Wir bringen beides, Öl und Milchpulver zu Maria, unserer Herbergs-
mutter. Sie freut sich, will es aber nicht annehmen, uns Geld dafür
geben. Das wiederum wir nicht nehmen.
Sie fühlt sich für uns verantwortlich. Duldet keine Widerrede und
lädt uns morgens, mittags und abends ein, mit ihrer Familie zu
essen.
„Wir können nicht bezahlen." „No Problem!"
Wenn ich in der Früh die Küche betrete, Andreas auf dem Arm,
nimmt sie ihn mir ab und füttert ihn mit Brei, den sie schon extra
für ihn zubereitet hat.
Wir werden von ihr ebenso beschlagnahmt.
Sie füllt unsere Teller, weist unsere Einwände schroff zurück. Legt
bei jeder Mahlzeit riesige Stücke Fisch oder Fleisch darauf, das wir
nicht essen wollen.
„Kein Fleisch? Warum?" Maria schüttelt verständnislos den Kopf.
Eines ihrer kleinen Kinder leistet uns oft Gesellschaft beim Essen,
sieht uns mit großen Augen dabei an. Oder der Haushund sitzt zu
unseren Füssen und beobachtet uns genau.
Also wandert Stück für Stück des Fleisches, das wir nicht runter
bringen, in den Mund des Kindes oder den des Hundes.
Strahlende Augen danken es uns, verschwörerisch legen wir einen
Finger vor die Lippen.
„Psst, unser Geheimnis." Die Kinder halten dicht, der Hund wedelt
und versäumt ab da keine unserer Mahlzeiten.

***

In der prallen Sonne vor der Hütte liegen seit dem Morgen drei
Schildkröten.
Auf dem Rücken, hilflos die Beine mit Seilen gefesselt.
Freudige Aufregung hat im Haus geherrscht, als der Vater sie von
seinem Fischfang mitbrachte. Welches Glück! Es bedeutet Nahrung
für Tage oder Wochen. Und der Verkauf von einigen Tieren bringt
Geld in die knappe Familienkasse.
Ein Panzer von fast einem Meter Durchmesser liegt in einer
Blutlache in der Meeresbrandung.
Ausgehöhlt, leer und traurig.

Riesenschildkröten stehen streng unter Naturschutz. Aber die einheimischen Fischer wollen auch überleben, verstehen und beachten diese Gesetze nicht.

Ich kann das nicht essen. Reis und Bohnen genügten mir, Luis ebenso.

Wir ziehen die noch lebenden verschnürten Schildkröten unter das auf Pfählen gebaute Haus. So liegen sie zumindest im Schatten und warten nicht in der unbarmherzigen Sonne auf ihre Hinrichtung.

„Was machst Du?“

Manolo, der zweitjüngste der Familie, ein kleiner Junge von sechs Jahren, beobachtet mich.

„Ich mach die Schildkröten nass.“

Ich schleppe schon den fünften Kübel Meerwasser hoch, schütte ihn über die armen Kreaturen, die ich am liebsten heimlich nachts zurück ins Meer entlassen hätte. Kann ihnen nicht in die faltigen, klugen Augen sehen. Sie sehen mich so anklagend und leidvoll an.

„Warum?“ Manolo weicht mir nicht von der Seite.

„Sie trocknen aus und leiden deswegen.“ Erstaunte Kinderaugen

„Aber sie werden doch eh geschlachtet.“

Nach ein paar Tagen finde ich bei Sonnenaufgang den letzten leeren Panzer am Strand und eine verblassende rote Spur im seichten Wasser. Ich fühle Erleichterung.

Andreas glüht am ganzen Körper und weint. Die ganze Nacht schon war er unruhig gewesen, schwitzte, wollte nicht trinken. Und er hat Durchfall. Ich mache mir Sorgen und so bringen wir ihn gleich zur Krankenstation der Insel.

Diagnose: Sonnenstich!

Ich habe nicht genug achtgegeben. Er bekommt Elektrolyte und Vitamine, ich gute Ratschläge. Ich habe das Klima unterschätzt und mein Baby zu lange der Sonne ausgesetzt.

Ich fange an zu weinen, mache mir Vorwürfe, aber der Arzt beruhigt mich.

„Das wird schon wieder, keine Angst. In ein paar Tagen ist der Kleine wieder vollkommen in Ordnung.“

Eine Woche sind wir nun hier, aber von den erwarteten romantischen Inselurlaubsgefühlen keine Spur. Mein Kleiner krank. Kein Geld.

Der Räuber spurlos verschwunden.

Die Polizei sucht nun auch auf dem Festland und auf Little Corn Island.

Nach den Vorfällen nehme ich die Schönheit der Karibik nur noch getrübt wahr.

Sehe jetzt vielmehr nur noch Armut, die Perspektivlosigkeit der Bevölkerung und unser eigenes Elend.

„Hello!" Die Stimme reißt mich aus meinen Gedanken.

Ein Motorrad hat neben uns angehalten, der Fahrer lächelt uns an.

„Ihr seid doch die, die überfallen wurden?"

Er gibt uns die Hand.

„Ich bin John, komme aus Kanada, lebe hier aber schon seit einem Jahr."

John arbeitet als Entwicklungshelfer auf der Insel, in einer Woche aber wird er seinen Dienst hier beenden und nach Kanada zurückkehren.

„Hier, nehmt! Ihr braucht es bestimmt."

John drückt mir einen Schein in die Hand – 100 Dollar! Ich starre darauf, sehe ihn an.

„Das können wir nicht annehmen. Können es nicht zurückgeben. Wir haben nichts."

Er schiebt das Geld zurück in meine Hand. „Schon gut, nicht wichtig. Wünsche euch alles Gute!"

Er winkt kurz und braust davon.

Nachdem er uns seine Telefonnummer gegeben hat, falls wir noch was bräuchten.

Wir sind sprachlos. Hält ein Fremder neben uns auf der Straße und schenkt uns 100 Dollar. Einfach so. Ohne Bedingungen.

Unsere Welt hellt sich wieder auf.

Wir sind auch von einigen der anderen Urlauber angesprochen worden.

„Was macht Ihr jetzt? Mit dem Kind? Ohne Geld! Schrecklich!"

Aber keiner war auf die Idee gekommen, uns Hilfe anzubieten. Und wir sind auch zu stolz, um darum zu bitten. Eigentlich brauchen wir auch nicht viel.

Andreas erholt sich schnell.

Er hat wieder Appetit und lacht und jauchzt schon wieder bei jeder Gelegenheit.

Nur das zählt in Wirklichkeit. Das gestohlene Geld ist nicht wichtig. Wir verbringen die Tage am Strand vor unserer Herberge und beobachten das Leben auf der Insel.

Barfuß laufen vormittags die Kinder auf dem Weg zur Schule durch den Sand, lachend, ohne schwere Schultaschen auf dem Rücken oder Schuluniformen. Ist doch beneidenswert, wie frei und unbeschwert sie ihre Kindheit hier erleben.

Luis erkundigt sich täglich bei der Polizei über den Verlauf der Ermittlungen.

Die Familienmitglieder des verschwundenen Verdächtigen werden einzeln verhört, aber keiner gibt etwas preis, das dem Flüchtigen schaden könnte.

Eine Woche nach dem Überfall gibt es endlich Neuigkeiten, die unsere Situation deutlich verbessern.

Der Flughafen der Insel besteht nur aus einer kleinen Hütte und einer kurzen Landebahn aus festgestampfter Erde.

In einem Plastikbeutel hinter dem Gebäude fand ein Angestellter ausländische Dokumente. Und brachte sie zur Polizei. Unsere Reisepässe und Flugtickets!

Die Kamera und das Bargeld werden wir sowieso nie wieder sehen. Wahrscheinlich hat die Ehefrau des Räubers ihren Mann dazu überredet, die Papiere heraus zu geben. Damit wir endlich verschwänden von der Insel.

Und unser Fall zu den Akten gelegt würde.

Wir sind erleichtert. Nun können wir ohne Probleme heim fliegen. Werden aber gebeten, noch ein paar Tage auf der Insel zu bleiben. Am zwölften Tag dann werden wir zu einer Gegenüberstellung gebeten.

Der Verdächtige war auf Little Corn Island festgenommen worden. Und wir sollen ihn identifizieren.

Mein Herz klopft, mich macht das nervös. Luis nimmt es gelassen.

Das Zimmer auf der Wache ist klein. Uns gegenüber, nur etwa drei Meter entfernt, stehen fünf Männer. Jeder von ihnen groß, dunkelhäutig mit krausen, langen Haaren. Und vollkommen ausdruckslosen Gesichtern.

Ich wage kaum, ihnen in die Augen zu blicken. Habe Angst vor meinen Gefühlen.

Angst, ihn zu erkennen oder auch, ihn nicht zu erkennen.

„Der ist es!" Luis zeigt auf den mittleren der Männer, sicher, ohne zu überlegen.

„Margarita?"

Mir wird schlecht. Ist er es wirklich? Was, wenn wir uns täuschen?

Im Vorraum waren wir einer hübschen, sehr jungen Frau begegnet mit einem Baby, etwas älter als Andreas, im Arm. Die Ehefrau des Verdächtigen. Sie hat uns stumm und verzweifelt angesehen, als wir an ihr vorbeigingen.

An sie denke ich nun. Ihr Mann wird ins Gefängnis kommen, sie und ihr Baby werden darunter mehr leiden als er. Das bilde ich mir zumindest ein.

Vielleicht geht auch der Falsche ins Gefängnis? Vielleicht ist der Mann vor mir unschuldig? Auch wenn Luis sich sicher ist, ihn erkannt zu haben, ist er es wirklich? Die sehen doch alle ähnlich aus.

„Señora?" Der Polizeibeamte hebt eine Augenbraue und sieht mich erwartungsvoll an.

„Margarita, sieh sie dir genau an." Luis hält meine Hand.

Ich zeige auf den Mann. „Si, este!" Der ist es!

Der Verdächtige schaut mir in die Augen. Ich kann seinen Blick nicht deuten.

Hass? Verachtung? Kommt mir eher vor wie Spott oder Gleich-gültigkeit.

Ich will schnell raus aus dem Zimmer.

Darf das überhaupt sein, eine Gegenüberstellung in einem so kleinen Raum?

Hier schon.

Einer Abreise steht nichts mehr im Wege.

Wir wollen jetzt auch schnell weg. Ein komisches Gefühl be-schleicht mich. Ich fürchte mich, nun, da der Täter gefasst ist. Die Insel ist klein, die Leute kennen sich alle. Vielleicht verspürt ein Familienangehöriger Hass auf uns und will sich rächen. Weil wir ihn identifiziert haben. Wer weiß. Ich fühle mich nicht mehr wohl hier.

Am nächsten Tag soll ein Frachtflugzeug aus Managua eintreffen, vollgeladen mit Lebensmittel, Medikamenten und anderen auf der

Insel notwendigen Dingen.

Es würde leer zurück fliegen und uns mitnehmen.

Der Abschied von unserer Fischerfamilie steht bevor. Maria umarmt und küsst uns weinend, will Andreas am liebsten da behalten.

Fast zwei Wochen lang hat sie uns Unterkunft gewährt und bewirtet. Alles selbstverständlich und unentgeltlich.

„Macht euch keine Sorgen. Ich habe es gerne getan. Ich schäme mich, dass ihr auf unserer Insel ausgeraubt wurdet."

„Danke, Maria. Wir werden dich nie vergessen."

Sie winkt uns nach, ich muss nun ebenfalls weinen.

Andreas ist inzwischen beinahe zehn Monate alt und wird von mir immer noch gestillt. Kuhmilch bekommt er selten, denn davon hat er sofort einen lästigen Milchschorf auf seiner Kopfhaut. Ein Zeichen, dass er die Milch nicht gut verträgt. Ich füttere ihn lieber mit Obst- und Gemüsebrei. Kuhmilch benötigt er sicher nicht, er ist ein starkes gesundes Kerlchen, das unermüdlich Gehversuche unternimmt. Ein Händchen nimmt Luis, das andere ich und er marschiert stolz zwischen uns auf wackeligen Beinchen.

Seine Haare sind durch die Sonne weißblond gebleicht, statt blassem Babyteint überzieht seinen kleinen Körper eine samtige gesunde Bräune. Und er ist ein gut gelauntes fröhliches Kind.

„Mit dieser Maschine fliegen wir?" Ich will das nicht glauben.

Wir nehmen auf einer Eisenpritsche Platz, die wir selber erst runter klappen müssen.

Und schnallen uns mit Ketten an. Andreas gefällt es überhaupt nicht und er protestiert laut schreiend. Trotzdem muss er stillhalten auf meinem Schoß, sonst drückt die Kette.

Außer uns fliegen wenige Leute mit. Unter ihnen ist auch John, der Entwicklungshelfer.

Er freut sich, uns wieder zu sehen.

Das kleine Flugzeug ruckelt über die Lehmpiste. Ich halte mich und Andreas fest und habe den Eindruck, wir hüpfen über die Startbahn.

Endlich wird es ruhig, der unebene Boden bleibt unter uns zurück.

Von hier oben nehme ich Abschied von dem Paradies, das für uns auch zur Hölle geworden war.

Türkisblau und in den verschiedensten Grüntönen schillert das

Meer unter uns, sogar aus dieser Höhe vermeine ich, bis auf den Meeresgrund sehen zu können.

Corn Island, die kleine karibische Insel verschwindet langsam, ich bin trotz unserer Erlebnisse fast traurig. Das einfache Leben hier in diesem Klima, ohne Hektik und die Unersättlichkeit nach immer mehr und mehr kommt mir viel richtiger vor als unsere Wertigkeiten und materieller Gier in Europa.

Und einige der Fischer auf der Insel, die mit ihrer Arbeit mühsam ihre Familien ernähren, träumen wohl gleichzeitig mit mir - von einem leichteren Leben in Europa oder Amerika.

Zwei Stunden später landen wir in der staubigen, trockenen Hitze von Managua.

Die Regenzeit ist vorbei, die Temperaturen klettern in unerträgliche Höhen.

John fühlt sich immer noch für uns verantwortlich. Wir nehmen gemeinsam ein Taxi, das uns in eine preiswerte Pension bringt.

John bezahlt und lädt uns für den nächsten Abend in eine Pizzeria ein.

Luis wechselt am nächsten Morgen auf der Straße unseren wertvollen 100-Dollar-Schein.

Nun geht alles plötzlich so schnell.

Drei Tage bis zu unserem Abflug nach Hause.

Wir besuchen den großen Markt in Leon, einer kleinen Stadt in der Nähe von Managua.

Hier gibt es wunderbare Handarbeiten zu kaufen, typische bunt bemalte Holzfiguren und Bilder von Indios, Hängematten, Wandteppiche und vieles mehr.

Für umgerechnet fünfzig Dollar erstehen wir Andenken an eine abenteuerliche und schöne Zeit und Mitbringsel für meine Familie.

Dadurch hat sich unser Gepäck im Vergleich zur Einreise verdoppelt.

Über achtzig Kilogramm wiegt es. Einige Gebrauchsgegenstände und Kleidung, die wir nicht mehr benötigen, verschenken oder verkaufen wir.

∗∗∗

Der Tag der Abreise ist gekommen und bringt uns gleich Ärger auf dem Flughafen.

Unser Visum ist längst abgelaufen.

Drei Monate darf man als Ausländer im Land bleiben, danach muss man zumindest pro forma ausreisen.

Einen Tag, das reicht schon, Hauptsache, man bekommt einen Stempelvermerk im Reisepass.

Nur wir haben das einfach vergessen, weil wir die Vorschrift nicht ganz ernst genommen haben.

Vor unserer Reise nach Costa Rica war ich beinahe fünf Monate im Land gewesen, Luis ein halbes Jahr.

„Für jeden Tag, denn Sie illegal im Land waren, müssen Sie zehn Dollar Strafe bezahlen!"

Ich bekomme fast einen Lachanfall, als der Passkontrolleur das mit todernster Miene verkündet.

Wie viel das ausmacht, will ich gar nicht ausrechnen.

Wir zeigen ihm den Bescheid der Inselpolizei, die besagt, dass wir Opfer eines Überfalles sind und daher über keine finanziellen Mittel verfügen. Das hilft uns ein wenig, verringert die geforderte Summe um zwanzig Tage. Aber auch das haben wir nicht.

Der Beamte berät sich mit zwei Kollegen oder Vorgesetzten.

Nach einer Weile kommen alle drei mit ernsten Gesichtern zurück.

„Sie dürfen abreisen, bekommen allerdings einen Stempel mit einem Vermerk in Ihre Pässe. Den Vermerk, dass Ihre Einreise in unser Land in Zukunft unerwünscht ist."

Kurz sind wir betroffen. Wir dürfen nicht wieder hierher kommen? Unerwünscht?

Ich schlucke die aufkommende Enttäuschung hinunter.

Aber so schnell würden wir ohnehin nicht wieder herkommen.

Nach dieser Zeit hier, in der wir trotz oder vielleicht auch gerade wegen den Schwierigkeiten das Land lieb gewonnen haben, tut es einfach weh, plötzlich unerwünschter Gast zu sein.

Bei unserem Übergepäck schlagen die Zöllner nochmals die Hände zusammen, lassen uns aber dann alles mitnehmen. Wir können nicht extra dafür bezahlen und sie wollen uns bestimmt nur noch los sein!

Wieder in der Heimat

Unser Flug wiederum in einer Maschine der russischen Aeroflot geht über Moskau.

Wir haben die Möglichkeit genutzt hier zwei Tage zu verbringen.

Unser Hotel wird von der Fluglinie bezahlt.

Auch hier wird uns gleich am Flughafen Geldwechsel angeboten. Wir wechseln zwanzig Dollar und können diese unmöglich ausgeben in zwei Tagen. Wir finden nichts zu kaufen außer kunstvoll bemalte Holzlöffel und Matroschkas, diese kleinen Holzpuppen, die man ineinander stellt und das bekannteste Souvenir Moskaus sind.

Essen und Getränke sind billigst für unsere Verhältnisse, sogar noch billiger als in Zentralamerika.

Wir besuchen den roten Platz, die Zwiebeltürme der Basilius Kathedrale und fahren mit der Metro durch die graue dunkle Stadt. Welch Unterschied zu dem lebhaften farbenfrohen Kontinent von dem wir eben kommen.

***

Meine Eltern sind glücklich, uns wohlbehalten zurück zu haben. Endlich ist ihr Enkelsohn wieder im sicheren Österreich. So viele Sorgen hat sich meine Mutter gemacht. Was hätte ihm nicht alles zustoßen können so weit weg von daheim!

Wir ziehen vorerst zu meiner Schwester Gabi. Hier ist mehr Platz als bei meinen Eltern.

Sie wohnt mit ihrem Mann Paul und den zwei Töchtern im Nachbarort, nur zwei Kilometer entfernt.

Ich freue mich auf meine zwei kleinen Nichten Daniela und Jasmin, drei und sechs Jahre alt, wieder zu sehen. Ich bin ihre Patentante.

Und Andreas fühlt sich wohl bei seinen Kusinen. Viel zu selten hat er bisher Kontakt zu anderen Kindern gehabt.

Es soll aber nur eine kurzfristige Lösung sein bis wir eine eigene Wohnung gefunden haben.

In der ersten Zeit fühle ich mich eigenartig, nach nur einem halben Jahr Abwesenheit fallen mir anfangs einige Worte in meiner

Muttersprache nicht mehr ein. Ich habe sogar begonnen, spanisch zu denken. Wir Menschen sind anpassungsfähig und wandelbar.
Ich muss mich erst wieder an das Leben zuhause gewöhnen. Luis fällt dies natürlich noch viel schwerer. Zum Glück ist der Sommer nicht fern. Es ist überall grün, es blüht, wohin wir schauen, die Sonne wärmt angenehm, die Vögel zwitschern.
Die letzte Woche in Managua war extrem heiß und trocken gewesen und darum genießen wir die Frühlingstemperaturen umso mehr.

Ich freue mich, nach einem halben Jahr Freundinnen wieder zu treffen, was leider Luis Misstrauen von neuem entfacht.
In Zentralamerika war Eifersucht nie ein Thema.
Hier fühlt er sich fremd und ausgeschlossen. Und wird wieder misstrauisch.
Er vermutet, ich spreche schlecht von ihm oder wir reden über andere Männer, wenn ich mich auf Deutsch unterhalte.
„Was erzählst du deinen Freundinnen? Ständig lacht ihr. Ich fühle mich dabei wie ein Außenseiter.“
Luis ist schlechter Laune.
„Aber Luis, es tut mir gut, meine Freundinnen wieder zu sehen. Wir haben uns so lange nicht gesehen und uns jede Menge zu erzählen.“

„Wo willst du hin?“ „Wo warst du so lange?“
Seine Fragen werden drängender, meine Erklärungen und Vorhaben misstrauisch hinterfragt.
„Was denkst du von mir? Dass ich mich mit anderen Männern treffe? Wenn ich mal eine Stunde ohne dich weg gehe?“
Unsere Diskussionen enden immer wieder im Streit, er fühlt sich unverstanden, ich ertrage seine Kontrollsucht nicht.
Bald schon verzichte ich nach Möglichkeit darauf, ohne Luis das Haus zu verlassen.
Ich bin die endlosen Diskussionen danach einfach leid. Schlimmer noch, sie machen mir Angst.
Sollte nicht gegenseitiges Vertrauen Voraussetzung für eine Partnerschaft sein?

Luis spricht nun öfter davon, nach Uruguay zurückkehren zu wollen.

Er schwärmt von seiner Heimat, die er vor neun Jahren verlassen hat und will mich überreden, mit ihm dorthin zu ziehen.
Ich bezweifle, dass wir es einfacher haben würden und weigere mich. Will jetzt einfach nur hier bleiben und Mama sein.
Aus Luis Erzählungen weiß ich, in Uruguay herrscht große Arbeitslosigkeit. Das Leben ist teuer, die Löhne niedrig. Sozialleistungen wie wir sie in Österreich kennen, zum Beispiel Kinderbetreuungsgeld, gibt es in seiner Heimat kaum.
Obwohl ich das Leben in Zentralamerika schon vermisse und ich auch neugierig bin auf Luis Heimat. Aber das kann warten.

Unser Kleiner kann laufen.
Ganz alleine. Er ist zehn Monate alt, als er mutig und wackelig einen Meter zwischen Luis und mir überwindet.
Wie stolz er darauf ist. Natürlich auch sein Papa.
Nichts ist jetzt mehr vor unserem Andreas sicher. Sämtliche Schubladen werden ausgeräumt, bald flitzt er schnell durch das Haus und den großen Garten meiner Schwester.
Luis ist ein liebevoller Vater und ich beginne zu hoffen, dass er sich hier doch einlebt, seinem Sohn zuliebe.
Doch stellen sich ihm Schwierigkeiten in den Weg, kapituliert er sofort und verkriecht sich tagelang leidend ins Bett, um über die zu ihm ungerechte Welt zu jammern. An solchen Tagen kann ihn auch sein Sohn nicht aufheitern.
Eine legale Arbeit für Luis zu finden in der Nähe ist genauso aussichtslos wie vor einem halben Jahr.
Viele Einheimische sind arbeitslos oder müssen große Entfernungen zu ihrer Arbeitsstelle zurücklegen.
Eine Heirat könnte dieses Problem erleichtern, höre ich überall. Ich aber zögere.
Luis ist ein Träumer, ich bin mir nicht sicher, ob ich diesen Schritt wagen soll. Ich habe wenig Vertrauen in eine gemeinsame Zukunft und schäme mich für diesen Gedanken.

Aushilfsweise findet Luis Arbeit in einer Wollwerkstätte, mit den Besitzer er sich bald gut versteht. Das freut mich sehr für ihn, es tut ihm gut und er braucht Freunde.
Weniger gut finde ich, dass sie sich abends immer wieder zu einem

Joint treffen. Ich habe gedacht, dieses Problem hätten wir in Nicaragua gelassen.

Wir wohnen bereits sechs Wochen bei meiner Schwester und ihrer Familie.

In einigen Wochen werden wir umziehen, sobald die kleine Wohnung, die wir in der Nähe meines Elternhauses gefunden haben, fertig renoviert ist.

Wir dürfen auch den Garten der Vermieter mitbenützen. Ich werde mir ein Gemüsebeet anlegen, beschließe ich. Darauf freue ich mich.

Ein Lichtblick, denn obwohl es uns hier an nichts fehlt und wir willkommen sind, wird es uns gut tun, unsere eigenen vier Wände zu haben. Das hoffe ich wenigstens.

An einem Samstagabend Anfang Juli besuchen wir das Dorffest.

Es wird wie jedes Jahr von der freiwilligen Feuerwehr organisiert.

Meine Schwester Gabi ist mit ihrer Familie auf einer einwöchigen Urlaubsreise in Kroatien, also bringen wir Andreas zu meiner Mutter. Er darf sich von seiner Oma verwöhnen lassen und bei ihr schlafen. Beide freuen sich darüber.

Und wir wollen uns ein wenig amüsieren.

Hab ich was falsch gemacht?

Zulange mit anderen Männern getanzt? Zuviel gelacht in ihrer Gesellschaft?

Luis beobachtet mich bei allem was ich tue. Warum ist er nur so eifersüchtig?

Ich flirte doch nicht und denke nicht daran, mir einen anderen Mann anzulachen.

Ich genieße es, nach einem halben Jahr im Ausland Bekannte wieder zu treffen.

Nur ist eben auch mein Exfreund Thomas darunter.

Vor Monaten haben Luis und ich uns intime Erlebnisse erzählt, die wir vor unserer gemeinsamen Zeit erlebt haben.

Wie dumm das war, doch damals dachten wir, ist doch nichts dabei, kann der Partner gerne erfahren.

Wir hätten uns nicht so viel anvertrauen dürfen.

Denn jetzt denkt Luis daran und glaubt, ich möchte zu Thomas zurück, weil der so toll war und ihn verlassen.

Natürlich fühle ich mich in der Gesellschaft Thomas wohl und wir haben uns viel zu erzählen.

Er ist mit dem Mädchen verlobt, das ihn schon vor meiner Abreise nach Spanien anhimmelte.

Sie wollen heiraten und ich freue mich für sie.

Ein wenig Wehmut verspüre ich vielleicht schon, aber ist das nicht normal?

Weil Luis und ich ständig mit Schwierigkeiten zu kämpfen haben, denke ich kurz: „Was wäre gewesen, wenn ich andere Entscheidungen getroffen hätte?"

Ich versuche aber, mir das nicht anmerken zu lassen.

Möchte trotz allem meine Erlebnisse der letzten Jahre bestimmt nicht missen.

Diese Gedanken kommen mir sicher auch deshalb, weil ich einige Gläser mehr als sonst getrunken habe.

„Luis, beruhige dich. Er hat mir doch nur von seiner Freundin und von ihren Plänen erzählt."

„Wann trefft ihr euch? Du hast was mit ihm, gib es zu!"

Wir verlassen das Fest schweigend. Daheim kommen die Anschuldigungen.

Die lachhaft sind, doch Luis macht mir Angst. Er ist so voller Wut und Hass und betrunken.

„Ich bringe ihn um! Das schwöre ich dir"

Ich bin gelähmt vor Schreck über seine heftige Reaktion. Für mich ist es unverständlich, wie er so ausrasten kann, nur weil ich mit dem anderen getanzt und gelacht habe.

„Wir gehen nach Uruguay. Du kannst ja bei Thomas bleiben, Andreas kommt mit mir!"

Luis redet sich in Rage. Meine Einwände quittiert er mit wütenden Fausthieben gegen das Bild an der Wand, das zerbrochen zu Boden fällt.

„Luis, hör auf damit! Da ist nichts. Thomas ist verlobt. Er ist doch nur ein alter Freund. Unsere Beziehung ist jahrelang vorbei."

„Ha, sicher habt Ihr schon vor Deiner Abreise nach Nicaragua was miteinander gehabt. In den Wochen, als ich schon drüben war. Gib es doch zu!"

„Da war ich krank und hatte ein Baby zu versorgen. Denkst du wirklich, ich habe da Lust gehabt, mit einem Anderen ins Bett zu hüpfen?"

„Und warum verteidigst du dich dann? Wenn du nichts zu verbergen
hast? Nur wer ein schlechtes Gewissen hat, redet so wie du!"
Das hat gesessen. Verteidigen darf ich mich auch nicht.
Hätte einfach sagen sollen „Du spinnst!" und ihn einfach mit seiner
Anklage stehen lassen sollen.
„Ich bringe ihn um! Und das ist allein deine Schuld!"
Luis sieht mich drohend an. In seinen Augen ein wahnsinniges
Blitzen, das mich ängstigt.
Er steht auf, zieht sich an und will zur Tür. Ich hole ihn ein, will ihn
am Arm festhalten.
„Ich fahre zu seinem Haus und warte dort auf ihn. Und wenn er
heimkommt, erschlage ich ihn. Darauf kannst Du dich verlassen!
Den siehst du nie wieder!"
„Hör auf, Luis! Bist du verrückt geworden?"
Das hätte ich nicht sagen sollen. Nun wird er erst recht wütend. Er
stößt mich zur Seite und verlässt das Zimmer.
Ist er derart betrunken? Natürlich hat er einige Biere und wir zu-
sammen auch noch ein paar Cola-Whiskys in der Bar getrunken.
Genügt das, um ihn derart in Rage bringen?

Luis kommt zurück, in der Hand hält er ein Seil.
Ich starre ihn ungläubig an.
„Was hast du vor?"
„Das wirst du gleich spüren."
„Du tust mir weh!" Luis packt mich grob am Arm und zieht mich
zum schweren Polstersessel in der Ecke.
„Luis!" Er handelt wie in Trance, bindet mich mit schnellen Be-
wegungen an den Sessel. Meine Arme sind hinter der Lehne
gefesselt.
„Du wirst ihm nicht helfen. Er wird sterben und du kannst
einstweilen über dein Verhalten nachdenken. Meine Frau nimmt
mir keiner weg! Und du hast es zu verantworten, wenn er jetzt
stirbt."
Ich kann nichts mehr sagen, bin zu entsetzt. Fühle mich starr wie
gelähmt.
In einem Albtraum gefangen.
Luis bindet auch meine Beine fest, legt mir den Strick sogar um den
Hals, damit ich mich absolut nicht bewegen kann.

Dann verlässt er das Zimmer. Einige Minuten vergehen.
Panik. Ich konzentriere mich auf meine Atmung, das Dröhnen in meinem Kopf wird leiser. Mein Hals ist trocken. Mühsam schlucke ich. Und dann schreie ich so laut ich kann.
Auf der anderen Straßenseite steht ein Haus. Der Bewohner muss mich einfach hören.

„Sei sofort still!"
Luis stürmt in das Zimmer. Seine Stimme ist ruhig. Zu ruhig für unsere Situation.
„Schreien willst du? Pech gehabt!"
Ich ertrage diesen Horror nicht mehr.
Luis hat ein Tuch in der Hand und ein Pflaster.
Ich kann das alles hier nicht fassen. Was passiert da mit mir?
Versuche mich zu wehren, weine, bettle panisch „Bitte, nicht das. Ich werde ersticken! Du weißt doch, dass ich Schnupfen habe. Ich krieg keine Luft durch die Nase."
Kurz zögert Luis.
„Du lügst. Du hast keinen Schnupfen. Nur schön ruhig bleiben, dann wirst du keine Probleme haben."
Mit diesen Worten stopft er mir das Tuch in den Mund und klebt das Pflaster darauf.
Erlebe ich das tatsächlich? Ist das real? Das kann doch nicht sein.
Ich fühle mich wie in einem schlechten Film.
Und so hilflos.

Luis hat das Haus verlassen.
Ich höre, wie das Auto gestartet wird und sich entfernt. Stille.
Im Vorraum ist das Telefon. Wenn ich es nur erreichen könnte!
Ich versuche meine Hände zu bewegen, kann aber nur die tauben Finger etwas zum Leben erwecken. Muss die Fesseln lockern, aber es ist unmöglich.
Darf mich nicht zu sehr aufregen. Habe wirklich Angst, ersticken zu müssen.
Konzentriere dich auf das Atmen – konzentriere dich. Wie ein Mantra wiederhole ich es in meinem Kopf.
Ich kann mich nicht bewegen, das Seil drückt mich am Hals, sobald ich es versuche.

Kann nur warten. Warten, dass er zurückkommt. Es muss inzwischen sicher vier Uhr morgens sein. Kein Mensch wird mir zu Hilfe kommen.
Wer schon? Gabi ist mit der Familie verreist, die Nachbarn schlafen, die Häuser sowieso zu weit entfernt. Nur das Haus des Postbeamten auf der anderen Straßenseite wäre nahe genug.
Er könnte meine Schreie eventuell hören.
Das Tuch, wie bekomme ich das Tuch aus dem Mund?
Ich habe keine Chance, bewege meine Kiefer, doch das Pflaster haftet gut auf meiner Haut, löst sich keinen Millimeter.

Hoffentlich ist Thomas schon zuhause und Luis wartet vergebens auf ihn ... Vielleicht schläft er auch bei seiner Freundin und kommt deswegen gar nicht heim ... Ich hoffe es sosehr.
Sitze unbeweglich und starr in meinem Sessel. Immer wieder kullert eine Träne über meine Wangen. Wie konnte es so weit kommen? Ist es wirklich meine Schuld?

Ein Geräusch an der Haustür. Er ist zurück.
Habe ich geschlafen? Ich bin so erschöpft.
Und traue mich kaum, ihn anzusehen.
Was ist geschehen? Hat er Thomas zusammengeschlagen? Ihm noch Schlimmeres angetan?
Ich bin auf alles gefasst. Eine unheimliche Ruhe ist in mir.
„Da hat dein Liebhaber noch mal Glück gehabt! Er war vor mir daheim. Der Motor vom Auto war noch warm. Ich habe ihn sicher nur knapp verpasst!“
Höre ich Erleichterung in seiner Stimme? Mir fällt ein Stein vom Herzen.
Wahrscheinlich lügt mich Luis an. Er kennt Thomas Auto gar nicht, es hätte auch das Fahrzeug seines Bruders sein können.
Vielleicht war er gar nicht dort gewesen. Hat sich jetzt wieder beruhigt und sieht ein, was er mir antut. Sicher entschuldigt er sich bei mir, zumindest dann, wenn er wieder nüchtern ist.
Doch Luis denkt nicht daran, mich los zu binden.
Den Knebel nimmt er mir zumindest ab.
„Wehe du versuchst wieder zu schreien! Dann ist er wieder drin. Aber ein doppelt so Großer!“

Ich wage es nicht.

„Bitte, Luis, binde mich los. Komm, es ist ja nichts passiert. Der Alkohol ist schuld."

„Ha, und du läufst gleich weg! Ich bin doch nicht blöd."

„Luis, es tut mir leid, dass ich auf dem Fest mit Thomas getanzt habe. Aber da ist nichts. Bitte, glaub mir."

„Ich glaube dir gar nichts. Du bleibst, wo du bist."

Er legt sich auf das Sofa und dreht sich zur Wand. Lässt mich tatsächlich hier sitzen.

Wie kann er nur so handeln? Mir ist kalt und nie vorher hab ich mich so ausgeliefert und erniedrigt gefühlt.

Die Sonnenstrahlen blitzen durch die Gardinen des großen Wohnzimmerfensters.

Ein neuer Tag erwacht. So, als wäre nichts geschehen. Unbekümmert und fröhlich wird er vom Gesang der Vögel begrüßt.

Ich bin so müde. Meine Hände schmerzen, nein - alles in mir schmerzt.

Jeden Knochen spüre ich, will mich strecken und kann nicht.

Aber viel mehr noch schmerzt es in meiner Seele.

Etwas ist endgültig zerbrochen, lässt sich nie wieder reparieren. Ich weine schon wieder.

Nein, ich darf mich nicht so schwach zeigen! Aber wie soll ich jetzt stark sein?

Luis wird wach. Mein Herz pocht laut. Ich habe Angst vor ihm.

„So, ich gehe dann zur Bank. Du schreibst mir eine Vollmacht, damit ich Geld von deinem Konto abheben kann. Andreas ist unser Kind, also habe ich auch ein Recht auf das Kindergeld."

„Wie du willst."

Ist mir egal. Ist ja sowieso nicht viel Geld auf meinem Konto. Luis löst die Fessel meiner Hände.

Ich schreibe einfach, was er mir vorsagt.

„Mach mich bitte ganz los. Ich halte es nicht mehr aus. Und ich muss aufs Klo, dringend. Bitte!"

Wie erniedrigend ist meine Situation.

Ich bin gebrochen, will nur, dass er mich losbindet.

Ich darf aufs Klo. Luis begleitet mich bis zur Toilettentür und wartet auf dort mich.

Ich sehe zum Fenster hoch. Wenn ich mich anstrenge, kann ich es schaffen. Ich passe sicher durch die schmale Öffnung.

Aber Luis steht vor der Tür, er wird es hören, wenn ich über die Kloschüssel hochklettere. Er wäre schneller draußen vor dem Fenster als ich und würde mich aufhalten.

Ich verwerfe den Gedanken, es hat keinen Sinn. Ich bin ihm ausgeliefert.

„Beeil dich! Ich will da ja nicht ewig stehen." Seine Stimme klingt ungeduldig.

Ich will aber nicht raus. Was soll ich nur machen?

Ich betätige die Klospülung und ergebe mich in mein Los.

Wir müssen reden. Muss ihn umstimmen, sein Vertrauen wieder gewinnen. Nur wie?

Zu groß ist meine Angst vor ihm. Vorsichtig berühre ich seine Hand.

„Luis, komm lass uns über die Sache heute Nacht reden."

„Du setzt dich wieder in den Sessel und bist still. Ich will nichts hören."

„Du tust mir weh!" Er hat mich beim Arm gepackt und drückt mich in den Sessel.

„Nein, bitte! Nicht wieder!"

Mein Flehen nützt nichts, Luis bindet mich wieder fest.

„Ich hole jetzt Andreas und gehe dann zur Bank. Und du wartest hier."

„Luis, bitte ..."

Doch er antwortet mir nicht mehr, kontrolliert nur noch die Festigkeit meiner Fessel.

„Tut mir leid, aber es muss sein." Mit diesen Worten stopft er mir schon wieder etwas in den Mund und verklebt ihn. Es geht so schnell, was kann ich dagegen tun? Nichts!

Dann bin ich allein. Das ist fast noch schlimmer, als wenn er hier geblieben wäre.

Die Uhr an der Wand tickt leise, es macht mich fast verrückt. Eine Stunde vergeht. Ist er mit meinem Kind abgehauen? Ich weine schon wieder.

Da höre ich endlich Motorengeräusch. Und gleich darauf die Stimme meines süßen Jungen.

Luis betritt mit ihm das Zimmer.

„Schau mal, die Mami!" Leiser Spott in seiner Stimme.

Er nimmt mir den Knebel ab, ich muss husten.

Warum tut er mir das an? Und seinem Kind? Andreas ist zwar erst knapp ein Jahr alt, doch er spürt sicher, dass hier was nicht stimmt. Dass seine Mama verzweifelt ist und Angst hat!

Er kommt auf mich zu, hält sich an meinen Knien fest, will auf meinen Schoss.

Aber meine Hände sind auf dem Rücken zusammengebunden. Wie viel kann so ein kleines Kind verstehen?

Ich mache mir Sorgen um ihn. Er sollte mich nicht so sehen.

„Hallo, mein Schatz! War es schön bei Oma?" Ich bemühe mich, ganz normal mit ihm zu reden. Andreas darf nicht merken, was los ist.

„Diese Cabrones auf der Bank geben mir kein Geld! Du musst hin, persönlich!"

Ist Luis deshalb noch da? Wäre er mit Andreas geflohen, wenn er Geld bekommen hätte?

Endlich bindet er mich los.

„Wenn du auf dumme Gedanken kommst, dann passiert was. Ich bringe deinen Ex um, verlass dich drauf!"

Luis lässt Andreas nicht aus den Augen, als wolle er ihn vor mir abschirmen.

Ich sperre mich im Badezimmer ein und sehe in den Spiegel.

Wer ist das, die mir entgegenblickt?

Eine Fremde. Ich bin eine Andere. Etwas ist in mir gestorben. Mein Ich, mein Vertrauen.

Was ich sehe, ist eine verstörte Frau, ich kenne sie nicht.

Ich wende meinen Blick ab und stelle mich unter die Dusche. Lasse heißes Wasser über meinen Körper laufen, so heiß, dass es kaum zu ertragen ist, lenkt ab von dem Schmerz in meinem Inneren.

Meine rote Haut danach brennt wie Feuer, doch ich fühle mich besser. Zumindest spüre ich mich wieder.

Wie soll es nun weitergehen?

Luis war so unvorbereitet ausgerastet. Ich habe nicht damit gerechnet, dass er seinen Zorn und Hass jemals derart gegen mich richten könnte.

So unerwartet dieser Ausbruch gekommen war, so schnell ändert er wieder sein Verhalten.

Er weint, entschuldigt sich.

„Margarita, verzeih mir! Ich liebe dich so sehr. Will dich nicht verlieren! Ich kann ohne dich und Andreas nicht mehr leben!"

Ich weiß nicht, was ich davon halten soll.

„Ich war betrunken. Ich wollte dir nie wehtun. Bitte glaube mir. Ich weiß nicht, was in mich gefahren ist. Ich brauche dich doch!"

Was soll ich sagen? Ich weiß es nicht. Er will mich umarmen, ich lasse es zu, fühle mich aber wie ein Stück Holz in seinen Armen.

„Bitte, gib mir noch eine Chance! Nie, nie wieder wird so etwas geschehen."

Zögernd bringe ich die Worte hervor: „Ist schon gut, Luis, reden wir nicht wieder darüber. Und vertrau mir endlich, ich hab keinen Liebhaber."

Ich fühle mich mitschuldig an dem Vorfall und will uns noch eine Chance geben.

Werde das einfach vergessen – ist nie passiert.

Jedoch ist nun nichts mehr, wie es vorher war.

Ich traue Luis nicht mehr, wanke zwischen Mitleid, Angst, Wut und einem Pflichtgefühl ihm gegenüber.

Luis ist der Vater meines Sohnes. Andreas hat ein Recht auf beide Elternteile. Und habe ich ihn nicht so sehr geliebt? Das kann doch nicht alles vorbei sein.

Und wo soll ich Luis hinschicken? Ihm ein Flugticket nach Uruguay kaufen?

Ich fühl mich schuldig.

„Erzähl niemanden davon, bitte, Margarita."

Luis hat seine depressive Phase. Er legt sich ins Bett und bemitleidet sich.

„Meine Mutter ist schuld, dass ich so reagiere. Sie hat meinen Vater aus dem Haus getrieben. Das verzeih ich ihr nie!"

Was hat das mit unseren Schwierigkeiten zu tun? Ich sage das nicht, tröste ihn lieber.

„Alles wird besser, wenn wir unsere eigene Wohnung haben. Und Arbeit gefunden haben."
Ich glaube meinen eigenen Worten nicht, will mich damit wohl eher selber beruhigen.

Luis verbringt drei Tage im Bett. Er ist jetzt krank, sagt er.
Ich schleiche durch die Wohnung, umsorge meinen leidenden Gefährten und bin freundlich. Und nervös. Versuche mir einzureden, dass alles wieder gut wird.
Ich finde unzählige Ausreden für sein explosives Verhalten.
Schlussendlich finde ich das Erlebte gar nicht mehr so beängstigend. War es wirklich so schlimm?
Ich bin erleichtert, als meine Schwester mit ihrer Familie zurückkommt.
Sie merken nichts von unserem angespannten Verhalten, erzählen vom tollen Urlaub.
Ich quäle mich. Soll ich mich meiner Schwester anvertrauen?
Nein, beschließe ich. Ich muss unserer Beziehung noch eine Chance geben.

***

Andreas ersten Geburtstag feiern wir in unserer eigenen Wohnung. Eigentlich ist es eine Haushälfte, ein ebenerdiger Altbau in der Nähe meines Elternhauses, das hat den Vorteil, meine Mutter als Kinderbetreuung in der Nähe zu haben.
In der Küche stehen Kästen aus Omas Zeiten und ein uralter Holzherd, im Wohnzimmer ein Kachelofen, der wohlige Wärme verströmt, wenn wir in der Küche einheizen.
Wir schleifen die Holzböden und streichen sie neu, trotzdem knarren sie bei jedem Schritt.
Durch eine Anzeigenzeitung haben wir ein gebrauchtes Wasserbett gekauft. Andreas hat das Gitterbett seiner Kusinen bekommen. Wir stellen es neben unser Bett.
Das Wohnzimmer sieht noch öde aus. Ein zerschlissenes Sofa bekommt von mir einen hübschen Überwurf und der einfache Holzschrank genügt. Wir sind Luxus nicht gewohnt und vermissen ihn auch nicht.

Vor einigen Tagen besuchte ich eine ehemalige Schulfreundin. Sie hat geheiratet und gemeinsam mit ihrem Mann ein schönes Haus gebaut. Gefällt mir natürlich, aber ich fand ihre Erzählungen so langweilig. Zählt denn nur mehr das, was sie besitzen? Sie haben wunderschöne Möbel, alles neu und modern, doch eine Menge Schulden. Ich verstehe sie nicht und beneide sie auch nicht.

Unser Leben normalisiert sich, als ich Arbeit finde.
In einer großen Firma als Staplerfahrerin.
Die Bezahlung ist gut, vor allem, weil ich fast jeden Samstagvormittag Überstunden mache. Ich arbeite fast ausschließlich mit Männern zusammen.
Luis arbeitet nur sporadisch in der Wollwerkstatt. Dann springen meine Mutter oder Schwester als Babysitter ein.
Ich bin froh, tagsüber eine Beschäftigung zu haben, vermisse aber meinen kleinen Sohn.
Seit seiner Geburt bin ich beinahe rund um die Uhr mit ihm zusammen. Nun arbeite ich acht Stunden am Tag und Andreas fehlt mir sehr.
Luis ist mit seiner Situation in Österreich mehr als unzufrieden.
Immer wieder versucht er mich zu überreden: „Margarita, gehen wir nach Uruguay.“
Ich will nicht.
„Wenn wir heiraten, bekomme ich eine Arbeitsgenehmigung.“
Auch das will ich nicht. Versuche, es diplomatisch anzugehen.
„Ich verdiene doch ganz gut. Und einer muss sowieso bei Andreas bleiben.“

Luis verfällt wieder in Schwermut, liegt tagelang teilnahmslos im Bett.
„Warst du heute draußen mit Andreas? Wart ihr spazieren? War so schönes Wetter.“
Ich bin wie immer mit meinem Stapler von einer Halle zur nächsten gedüst.
Irgendwie macht es sogar Spaß, doch befriedigend ist die Arbeit nicht. Den ganzen Tag Kisten mit Aluabfall in eine riesige Presse fahren, wo er als kleiner rechteckiger Klumpen wieder herauskommt.

„Nein, ich hatte keine Lust, außerdem war es viel zu kalt."
Ich schlucke meinen Ärger hinunter, ziehe Andreas ein Jäckchen an und gehe mit ihm in den Garten schaukeln und die Hühner unserer Vermieterin besuchen, die nebenan in einem Gehege scharren und gackern. Es gelingt mir, eines zu fangen. Andreas streichelt es mit großen, staunenden Augen und kreischt vor Vergnügen.
Es ist so einfach, ihn zu begeistern. Wenn ich ihn ansehe, ist alles gut. Ich liebe ihn unendlich.

Vertrauen und Enttäuschung

„Warum kommst du heute so spät von der Arbeit? Wo warst du?“
Luis steht hinter mir, sieht mich kalt an.
„Wieso spät? Ach so, wir sind auf dem Heimweg eine andere Route gefahren, darum bin ich zehn Minuten später dran.“
„Warst du bei ihm? Du schläfst mit ihm, stimmt doch?“
„Was? Wen meinst du?“
„Na Thomas!“
Geht das schon wieder los!
Thomas habe ich zu verdanken, dass ich diese Arbeitsstelle habe. Er arbeitet selber schon zwei Jahre dort, aber ich sehe ihn kaum. In dem Betrieb, der Alufolien für den Haushalt, Deckel für Jogurts, Topfen und anderer Lebensmittel herstellt, sind über fünfhundert Menschen beschäftigt. Ich arbeite wie Thomas im Schichtbetrieb, nur selten laufen wir uns zufällig über den Weg. Er fährt auch nicht im selben Firmenbus zur Arbeit.
„Luis! Tu mir das nicht an! Ich arbeite den ganzen Tag für uns. Warum fängst du wieder damit an?“
Ich gehe mit Andreas ins Haus. Bitte nicht, denke ich. Nicht schon wieder!
Unser Dorf ist klein, natürlich treffe ich Thomas manchmal. Er wohnt zwar fünf Kilometer entfernt, doch das Haus seiner Freundin ist nur hundert Meter von unserem entfernt.
Soll ich jedes Mal ins Haus flüchten, wenn sie mir begegnen?
Ich bin traurig. Hat unsere Beziehung noch eine Chance?

Das Abendessen verläuft angespannt. Für Unterhaltung sorgt nur Andreas. Er plappert und jauchzt vor Begeisterung bei jedem Bissen und belohnt jede Aufmerksamkeit von uns mit strahlendem Lächeln.
Nachdem ich Andreas in sein Bettchen gebracht habe, lege auch ich mich müde schlafen, obwohl es noch nicht spät ist. Aber mein Tag beginnt bereits um vier Uhr morgens.
„Margarita ...“ Flüstern und fordernde Hände überall gleichzeitig auf meinem Körper wecken mich.
„Lass mich schlafen, ich muss früh raus.“

Er presst seine Zunge zwischen meine Lippen, stöhnt erregt.

„Ich will dich, jetzt gleich, ich bin so heiß auf dich."

Er drängt sich zwischen meine Beine, ich aber verspüre keine Lust.

„Luis, ich bin müde."

Außerdem bin ich nicht in Stimmung nach seinen Anschuldigungen von vorhin.

„Das ist der Beweis. Du hast einen Anderen. Kommst spät nach Hause und willst nicht. Hat es dir schon ein anderer besorgt? Ich hab es gewusst. Gib es endlich zu."

Ich beginne, mich in mir selber zu verkriechen.

„Wie war er? Gut?" Dieser Unterton in seinem Flüstern. Mir sträuben sich die Haare auf meinen Armen.

„Lass mich in Ruhe. Es gibt keinen anderen."

„Lüg mich doch nicht an. Ein Mann spürt das doch."

Luis wird lauter, seine Wut liegt schwer in der Luft. Und macht mir Angst.

Ich liege wie erstarrt neben ihm, kann mich nicht mehr bewegen.

„Bitte sei leise, sonst wird der Kleine wach."

Andreas wacht ohnehin fast jede Nacht auf und will dann von mir getröstet werden.

Luis Stimme wird ein Zischen „Ich will Sex. Jetzt sofort."

„Ich bin dafür nicht in Stimmung. Nimm das nicht gleich so persönlich."

Ich schiebe ihn weg. Ich kann nicht, will es auch nicht einfach über mich ergehen lassen.

„Ich bring ihn um. Ihn und wer weiß, wen noch. Und du wirst dir dein ganzes Leben Vorwürfe machen. Denn du bist daran schuld."

Tränen rinnen mir über die Wangen, ich bin erschöpft und ausgelaugt.

„Wahrscheinlich hast du es mit ihm hier in unserem Bett auch schon gemacht. Sag es mir, Margarita, komm schon."

Nur ein Flüstern ist seine Stimme, nahe an meinem Ohr, ich halte das kaum aus.

„Du sagst nichts? Ich zeige dir, was ich mit ihm mache!"

Die Nachttischlampe geht an, das Licht blendet mich. Ich blinzele und traue meinen Augen nicht.

Luis hält ein Messer in der Hand, sein Taschenmesser, das er immer in der Hosentasche eingesteckt hat.

Er holt aus und versucht, in das Wasserbett zu stechen. Zum Glück gelingt es nicht, das Messer rutscht ab.

„Luis!“ Ich bin hellwach. „Hör auf, Luis, was machst du denn da!“ Ich packe seine Hand, die das Messer hält und versuche, es ihm abzunehmen.

Luis stößt mich weg.

Ich denke jetzt nur an das teure Wasserbett, das wir doch erst gekauft haben.

„Spinnst du? Du kannst doch nicht das Bett kaputt stechen! Luis! Beruhige dich!“

Das kleine Messer schafft es nicht, die Oberfläche des Bettes zu beschädigen. Inzwischen raufen wir fast.

„Komm schon, Luis, du willst Sex? Na los, komm her. Kannst du haben.“

Er schaut mich an. Sein Blick flößt mir Angst ein.

„Du Nutte, ich ersteche ihn, deine Familie gleich dazu. Nur dich lass ich übrig, denn du sollst mit dem leben, was du angerichtet hast.“

Er wirft das Messer weg und verlässt das Zimmer. Ich höre die Wohnungstür krachen. Gleich danach unser Auto aufheulen.

Endlich Stille.

Die mich erdrückt. Wo ist er hingefahren?

Ich halte es nicht mehr aus, muss etwas unternehmen.

Gehe zur Tür und drehe den Schlüssel zweimal um.

Mit zittrigen Händen greife ich zum Telefon. Es ist genug, ich will nicht mehr.

„Hallo, ich brauche Hilfe. Bitte kommen Sie, aber schnell. Hab Angst ...“

Weinend lege ich den Telefonhörer auf, ziehe mich wie in Trance an, packe ein paar Sachen in eine Tasche und warte.

Irgendwie gleichgültig warte ich darauf, dass jemand an der Tür läutet.

Wer wird zuerst kommen – Luis? Oder die Polizei, die ich gerufen habe?

Ich erschrecke, als die Türklingel endlich schrillt. Laut. Wer will herein?

Zwei Polizeibeamte stehen vor der Tür.

„Sie haben uns gerufen? Was ist los?"

Ich erzähle nicht alles, nur das ich Angst habe vor meinem jähzornigen Lebensgefährten und schnell weg will.

„Sollen wir Sie zu ihren Eltern bringen?

Nein, dorthin will ich auf keinen Fall, hat mir Luis doch oft gedroht, diese zu töten, falls ich ihnen irgendwas erzähle.

„Bringen sie mich ins Frauenhaus, dort findet er mich nicht. Bitte."

Zögernd stimmen die Beamten zu, nachdem sie mir erklärt haben, nichts unternehmen zu können, da ja nichts passiert wäre. Wegen Drohungen könne man niemanden festnehmen, ihn höchstens im Auge behalten.

Aber das will ich ja eigentlich auch gar nicht. Ich weiß nicht mehr, was ich tun soll, was ich will. Nur weg - mich verstecken und Ruhe, einfach Ruhe.

Eine Last scheint von mir gefallen zu sein, als ich mit meinem kleinen Kind im Polizeiauto sitze. Ich fühle mich sicher und beschützt.

Das Frauenhaus in St. Pölten wurde vor nicht allzu langer Zeit eröffnet. Es stand in der Lokalzeitung und ich war gleich darauf aufmerksam geworden und es seitdem als mögliche Zufluchtsstätte für mich und Andreas im Kopf behalten.

Erschöpft liege ich nun in diesem fremden Zimmer und kann nicht einschlafen.

Habe ich das Richtige getan? Oder doch überreagiert?

Am nächsten Morgen telefoniere ich mit meiner Mutter und erkläre ihr nach und nach meine Lage. Lasse schlimme Sachen aus. Es würde sie nur belasten, wenn sie alle Einzelheiten erführe. Das will ich nicht.

Sie ist bestürzt und erzählt, dass Luis bereits da gewesen war und mich verzweifelt gesucht hat.

Ich bitte sie, ihm zu sagen, dass es uns gut gehe, aber auf keinem Fall, wo wir uns befinden.

In der Arbeit melde ich mich krank. Genauso fühle ich mich auch.

Die nächsten Tage vergehen wunderbar eintönig und ruhig. Ich werde gefühlvoll beraten und erlange wieder ein wenig von meinem Selbstbewusstsein zurück.

Andreas spielt mit den anderen Kindern, wir Mütter erzählen uns gegenseitig unsere Geschichten und finden dadurch etwas Trost und Verständnis.

Zwei Wochen bleiben wir hier, aber die Flucht kann keine Lösung für länger sein.
Ich muss mich meinen Schwierigkeiten stellen.
Luis hat inzwischen unseren Aufenthaltsort herausgefunden.
St. Gotthard ist ein kleines Dorf, Geheimnisse sind nicht leicht zu bewahren.
Sein Chef hat Luis verraten, wo wir uns versteckt haben.
Woher der es wusste? Ist auch unwichtig.
Voller Reue und in Tränen aufgelöst fleht mich Luis am Telefon an, nach Hause zu kommen, ihm zu verzeihen.
Anfangs will ich nichts davon hören, meine Mutter und Schwester warnen mich, wollen, dass Luis aus Österreich ausgewiesen wird.
Aber als Luis dann plötzlich vor der Tür des Frauenhauses steht und Sturm läutet, kann ich nicht hart bleiben.
Nach Rücksprache mit der Betreuerin der Zufluchtsstätte öffnet diese die Tür. Und sie bleibt in der Nähe. Für alle Fälle. Wenn ich sie brauche.
Luis fällt vor mir auf die Knie, umfasst meine Beine und schluchzt.
In den Armen hält er einen riesigen Strauß roter Rosen.
„Margarita, por favor – bitte, vergib mir. Niemals könnte ich dir oder deiner Familie wehtun. Glaub mir doch. Ich bin nur so verzweifelt, weil ich nicht für dich und Andreas sorgen kann. Ich bin ein Niemand hier, ohne Aufenthaltsgenehmigung, ohne Arbeitsgenehmigung. Gib mir eine Chance. Wenn ich legal hier leben könnte, würde ich unseren Lebensunterhalt verdienen. Dann bräuchte ich mich nicht so als Versager fühlen.“
„Luis, ist schon gut …“
„Ich bitte dich - jeder verdient eine zweite Chance. Heirate mich, bitte sag ja! Ich werde für euch sorgen, ich liebe euch sosehr.“
Luis stammelt weinend und sieht mich dabei flehend an.
„Niemals will ich ohne dich oder meinen Sohn sein. Wir gehören zusammen, für immer.“
Ich weine mit ihm, würde ihm das alles so gerne glauben.
„Gib mir Zeit, bitte“
Alle meine guten Vorsätze, mich nicht erweichen zu lassen befinden

sich im Verschwinden.

„Ich muss darüber nachdenken."

„Kommt nach Hause bitte. Ich halte es dort alleine nicht mehr aus."

Luis umklammert mich, übersät mein Gesicht mit Küssen.

„Ich weiß nicht, ob ich dir nochmals vertrauen kann. Du hast mir solche Angst gemacht!"

„Keine Ahnung, was mit mir los war. Ich hab nur befürchtet euch zu verlieren. Bin so fremd hier. Ich brauche dich. Heirate mich, Margarita. Bitte!"

Ich brauche Bedenkzeit und muss noch ein wenig allein sein.

Die Betreuerin redet Luis gut zu, wenn auch zögernd verlässt er das Haus.

Ruft durch die bereits geschlossene Tür:

„Ich hol euch morgen ab, Margarita! Morgen! Ich liebe dich."

Will ich das?

Ich liege wach und wälze mich von einer Seite zur anderen, kann nicht einschlafen.

Was soll ich tun? Ihm verzeihen? Noch eine Chance geben?

Ich hab Angst. Will ich zurück? Aber darf ich unsere Familie auseinander reißen?

Luis braucht uns doch, er hat niemanden.

Ich schwitze. Leise stehe ich auf und trete an das Fenster. Das Licht der Straßenlaternen darunter dringt bis ins Zimmer. Die Bettdecke meines Kindes hebt und senkt sich regelmäßig. Andreas bewegt im Schlaf seine kleinen Finger. Was ertastet er wohl im Traum gerade damit?

Nachdem ich ihn eine Weile so betrachtet habe, so klein und abhängig von meinen Entscheidungen, verkrieche auch ich mich wieder in mein bereits ausgekühltes Bett.

Heiraten?

Sind unsere Probleme nicht erst richtig eskaliert, seit er sich hier in Österreich so nutzlos und wertlos fühlt?

Er wird seine Selbstachtung zurückbekommen, wenn er legal Arbeit findet.

Ich habe doch einen anderen Luis gekannt und geliebt! Der muss doch noch wo sein.

Wirre Träume verfolgen mich, als ich endlich in einen unruhigen Schlaf falle.

Zwei Wochen später scheint sich unser Leben wieder normalisiert zu haben.
Ich sitze gelangweilt auf meinem Stapler und düse von einer Produktionshalle zur nächsten, um die vollen Kisten mit Aluminiumabfall zu entleeren.
Ein Arbeitstag erscheint lang, wenn solch eintönige Arbeit verrichtet werden muss.
Endlich sind die acht Stunden vorüber, ich freue mich auf daheim, auf meinen Sohn, der den Tag mit seinem Papa verbracht hat.

„Hallo, ich bin zuhause! Andreas! Luis! Wo seid ihr?“
Ich ziehe mir im Flur meine dicken Wintersachen aus, es ist Februar und die Temperaturen sind weit unter null Grad gefallen.
„Hallöchen!“
Niemand antwortet mir. Es ist still in der Wohnung.
Als ich die Küche betrete, ist es kalt.
Einheizen hättest du aber schon können, Luis - denke ich mir – wahrscheinlich sind sie zur Oma spaziert.
Unser alter Golf steht vor der Tür, also können sie nicht weit sein.
Ich mache mich am Küchenherd zu schaffen.
Endlich wird es warm. Ich gehe ins Schlafzimmer und kontrolliere, ob der Kachelofen ebenfalls zum Leben erwacht.
Es sieht so aufgeräumt aus, irgendetwas stört mich.
Ein Gefühl von schlimmer Vorahnung kriecht in mir hoch, verwandelt sich langsam in Panik.
Meine Schritte führen mich wie fernbestimmt zum Kleiderschrank.
Langsam, denn meine Hände zittern, öffne ich ihn.
Weg – Luis Sachen sind verschwunden. Aber nicht nur diese, Andreas kleine Hosen und Pullover, Windeln - nichts mehr da!
Nebel breitet sich aus in meinem Kopf, dichter alles überdeckender Nebel. Schweiß steht auf meiner Stirn.
Bitte - es gibt eine simple Erklärung - Gedanken schwirren unkontrolliert hinter meiner Stirn. Wie in Trance wandle ich durch die Wohnung.
Der Koffer und die große Reisetasche im Abstellraum sind nicht

da. Ich lehne mich an die Wand, meine Beine wollen zitternd unter mir nachgeben.

Unsere Reisepässe verwahren wir in der Kommode im Wohnzimmer. Schon bevor ich die Lade öffne, weiß ich mit Bestimmtheit, dass ich darin nichts finden werde. Auch mein Reisepass ist verschwunden.

„Mama?" Ich schluchze, den Telefonhörer in der Hand.

„Sind Luis und Andreas bei euch?"

Aber ich kenne die Antwort bereits bevor meine Mutter antworten kann.

Die leise Bedrohung, die lange Zeit im hintersten Winkel meines Kopfes lauerte, ist mit voller Grausamkeit in mein Leben gestürzt.

Nein, was hab ich nur getan! Der Nebel in meinem Kopf löst sich langsam auf und an seine Stelle tritt ein schmerzendes Pochen. Ich fühle mich schuldig. Soweit hätte es nicht kommen dürfen.

Panik droht die Kontrolle über mich zu übernehmen.

Mein ganzer unbegreiflicher Wahnsinn bricht aus. Hysterisch schreie ich meinen Kummer raus. Auf dem Boden neben dem Telefontischchen liegen Luis Hausschuhe. Mit einem Tritt fliegen sie durch das Vorzimmer und landen in der gegenüberliegenden Ecke.

Ich wanke ins Schlafzimmer. Dieser Schmerz in meiner Brust, ich lege mich mit angezogenen Knien ins Bett.

Andreas Lieblingsplüschtier hat Luis vergessen. Den Einschlafteddy, den ich an der Schnur aufziehe, damit er leise sein Schlaflied spielt. Ohne ihn kann mein Baby doch nicht einschlafen. Warum hat er ihn nicht mitgenommen?

Ich presse den Teddy an mich – mein Kind, wo bist du?

Meine Eltern stehen in der Tür.

„Er ist weg? Mit dem Kleinen?"

Meine Mutter ist wütend. Aber ich spüre die Angst in ihrer Stimme.

„Keine Sorge, er kommt nicht weit! Er kann Österreich nicht verlassen mit dem Kleinen. Beruhige dich."

Sie übernimmt die Führung, ich bin wieder zum kleinen Kind geworden, das verstört und erstarrt im Bett liegt und heult – bitte, Mama, mach das ungeschehen. Sag, dass es nicht wahr ist!

„Die Polizei habe ich schon informiert, er wird nicht weit kommen. Du hättest nicht zu ihm zurückgehen dürfen!"

Mein meist schweigsamer Vater ist sichtlich betroffen. „Zum Glück seid ihr nicht verheiratet. Er kann Andreas nicht einfach ins Ausland mitnehmen."

Mama fällt ihm ins Wort. „Andreas müsste ja auch in seinem Reisepass eingetragen sein. Vielleicht ist er ja auch nur irgendwo bei einem Freund."

„Mama – wir haben geheiratet. Vor zwei Wochen."

Als mich Luis im Frauenhaus angefleht hat, ihm doch diese zweite Chance zu geben, habe ich nicht anders gekonnt, als zu ihm zurück zu kehren.

Drei Tage und Nächte beschwor er mich daraufhin liebevoll, war einverstanden mit all meinen Vorschlägen, versprach mir alles was ich hören wollte. Wir einigten uns, es zumindest zwei Jahre lang zu versuchen, uns hier in Österreich eine Zukunft aufzubauen.

Ich verscheuchte alle negativen Gefühle und Bedenken, schimpfte mich selber als misstrauische Person und willigte schließlich ein, ihn zu heiraten.

Luis meinte, meine Eltern würden sich nur unnötig aufregen, nicht einverstanden sein und wir sollten uns diesen Ärger ersparen.

Mit der Zeit würden sie merken, dass er ein guter Familienvater und Ehemann sei und ihn akzeptieren. Dann könnten wir es ihnen immer noch sagen.

Wir tauschten nicht mal Ringe auf dem Standesamt. Ich legte keinen Wert darauf genauso wenig wie Luis.

Danach gingen wir in ein Lokal essen, das war es auch schon gewesen.

Ich kannte unsere Trauzeugen nicht mal, wusste nur, dass Luis sich ab und zu mit ihnen traf, um mit ihnen zu rauchen. Schon aus diesem Grund waren sie mir nicht wirklich sympathisch.

Dieser Tag, der der Schönste im Leben einer jungen Liebenden sein sollte, wurde von mir gleich wieder verdrängt. Was mir auch gut gelang.

Bis zu dem Moment, als ich die leere Wohnung betrat.

***

Das ganze Ausmaß meiner Naivität kommt mir langsam zu Bewusstsein.

In den letzten Monaten habe ich in einer Art Ausnahmezustand gelebt. War ständig den Beschwörungen, Drohungen, Versprechungen von Luis ausgesetzt.

Sein Bitten, Flehen, die ständigen Anschuldigungen haben mich zu seiner Marionette gemacht.

Das Erwachen tut weh, sehr weh.

Nur zögernd erfasse ich, dass ich es war, die das erst ermöglicht hat.

Ich habe es Luis leicht gemacht hat, unser Kind zu entführen.

Oft hat er mich angefleht, nach Uruguay zu ziehen und ich mich stets geweigert.

Tief in mir, kaum wahrnehmbar, hat sich dadurch eine unbestimmte Angst eingenistet.

Und trotzdem habe ich bald nach unserer Rückkehr aus Nicaragua einen eigenen Reisepass für Andreas ausstellen lassen.

Warum ich das getan hatte, mit welcher Begründung Luis mich dazu überredet hat ist aus meiner Erinnerung verschwunden. Vergessen.

Luis hat es als Vertrauensbeweis verlangt.

Damals war unsere Welt noch einigermaßen in Ordnung gewesen. Zumindest habe ich mir das eingeredet.

Wie so vieles habe ich auch das Vorhandensein dieses Passes verdrängt.

Diese letzten zwei Wochen waren so harmonisch verlaufen. Meine Sehnsucht nach Normalität und Harmonie hat mich an ein Trugbild glauben lassen.

Luis war viel unterwegs gewesen, auf Arbeitsuche wie er beteuerte. War zuversichtlich, endlich einen guten Job in Aussicht zu haben, legal mit Anmeldung. Er schien so glücklich darüber, auch dass wir endlich eine richtige Familie waren.

Uruguay wurde nicht wieder erwähnt.

Er verwöhnte mich, wenn ich müde von der Arbeit heimkam mit liebevoll zubereitetem Abendessen und die Wohnung glänzte stets vor Sauberkeit.

Ich war tatsächlich ahnungslos (war ich das wirklich?) und staunte über diese Wende zum Guten verursacht durch diese kleine Unterschrift auf dem Standesamt.

Es schmerzt so, dass er mich derart belügen konnte. Er brachte es zustande, mir den liebevollen Ehemann vorzuspielen und daneben gewissenlos die Flucht mit unserem Kind zu planen.
Und ich? Ich habe diese leise innere Stimme ignoriert, die mich gewarnt hat ... nämlich genau vor dem, was jetzt passiert ist. Das tut beinahe am meisten weh: Ich hab mich selbst belogen.

Unmöglich kann ich jetzt allein in unserer Wohnung bleiben, ich ertrage diese Stille nicht, also beziehe ich das Wohnzimmer meines Elternhauses.
Meine Schwester Gabi kommt und verabreicht mir ein Beruhigungsmittel.
Endlich falle ich in einen traumlosen Schlaf.

Ich wache am nächsten Tag noch vor Sonnenaufgang auf.
Aber ganz fest presse ich meine Augenlider zu. Nein, ich will meine Augen nicht öffnen. Vielleicht war der gestrige Tag nur ein böser Traum und wenn ich nur genug daran glaube, mich konzentriere, höre ich bestimmt gleich die süße Stimme von Andresito nach mir rufen.

Die Zeit scheint still zu stehen. Doch irgendwann dringt Sonnenlicht durch meine Lider, ich höre Vögel vergnügt den neuen Tag begrüßen und hasse sie dafür in diesem Moment. Wie können sie singen, wenn in mir alles taub und tot ist?
Langsam quäle ich mich aus dem Bett und lasse kaltes Wasser über meine roten, verschwollenen Augen rinnen. Und ich schau mich an im Badezimmerspiegel – genug geweint, ich muss was tun, wenn ich mein Kind wieder haben will!
Meine Teilnahmslosigkeit ist vorbei, neben Verzweiflung melden sich Wut und Tatendrang.

Nachdem ich auf Drängen meiner Mutter zumindest eine Tasse Tee als Frühstück erfolgreich hinunterwürgen konnte, fahre ich mit

ihr zum Polizeiposten, um eine schriftliche Anzeige zu erstatten.
Alleine schaffe ich es nicht.

„Also ich befürchte, da können wir gar nichts machen."
Hab ich das nicht vor einiger Zeit schon gehört?
„Wenn Sie verheiratet sind und das Kind einen eigenen Pass besitzt, darf er ungehindert ausreisen. Er verstößt dabei gegen kein Gesetz."
Der Beamte hebt bedauernd die Hände und schüttelt seinen Kopf.
„Tut mir leid, wir können ihnen nicht helfen."
Erst konnten sie nichts machen, weil noch nichts passiert war, jetzt nichts, obwohl was passiert war.
Weil ich so dumm gewesen war, zu heiraten. Obwohl es niemand ausspricht, glaube ich es in ihren Gesichtern zu lesen. Wahrscheinlich bilde ich es mir ein. Aber in meinem Kopf schreit es: Selber schuld, selber schuld ...

Wir suchen einen Rechtsanwalt auf.
Irgendwer muss mir doch helfen können.
Als erstes reiche ich mit seiner Hilfe die Scheidung ein und beantrage das alleinige Sorgerecht.
Nach zweiwöchiger Ehe! Wäre meine Lage nicht so verzweifelt, müsste ich lachen.
Der Anwalt strahlt Zuversicht aus.
„Ich setze mich sofort mit der uruguayischen Botschaft in Wien in Verbindung. Wir bekommen Ihren Sohn zurück. Sie müssen jetzt aber Geduld haben und Vertrauen."
„Wie lange wird das dauern?"
„Nun ja, das kommt darauf an, ob ihr Mann einsichtig ist oder ob er seinerseits das Sorgerecht beantragt. Einige Monate wird das wohl schon in Anspruch nehmen."
„Einige Monate? Oder vielleicht gleich einige Jahre?"
Ich bin entsetzt und mir wird klar, dass das nicht mein Weg sein wird.
Viele Mütter warten Jahre auf ihre von den Vätern entführten Kinder. Manche warten für immer vergebens. Ich bin kein Einzelfall.
„Auf keinen Fall dürfen Sie jetzt etwas auf eigene Faust unternehmen. Vertrauen Sie auf unsere Gesetze. Die werden auf Ihrer

Seite sein. Haben Sie Geduld!"

Gesetze? Als ob Luis sich um Gesetze kümmern würde.

„Bitte, ich kann nicht Monate warten! Mein Sohn ist doch noch so klein. Er wird mich vergessen ... nein, ich kann einstweilen sicher nicht nur warten."

Besorgt sieht mir der Anwalt nach.

Zuhause angekommen, versuche ich herauszufinden, ob Luis mit unserem Kind tatsächlich in einem Flugzeug nach Uruguay sitzt.

Eine kleine Hoffnung keimt in mir:

Vielleicht ist er in Wirklichkeit nur bei einem seiner Freunde? Bei einem unserer Trauzeugen zum Beispiel? Wäre doch möglich ... wie erleichtert wäre ich! Wie töricht könnte ich mich schimpfen, weil ich Luis zugetraut hatte, mir mein Kind zu rauben!

Ich rufe die Auskunft des Flughafens an und frage nach.

„Tut mir sehr leid, aber wir dürfen ihnen keine Auskunft über Passagiere geben."

Ich glaube das nicht. Das kann nicht sein!

Denke nach, was nicht so einfach gelingt, denn die Verzweiflung will wieder die Oberhand bekommen. Dieser Druck in meiner Brust und die Stimme im Kopf, die höhnt: Verloren, verloren ...

Ich beginne zu zittern und die Tränen lassen sich nicht zurückhalten.

Ich fühle mich so erschöpft und ausgelaugt. Ausgetrocknet wie eine leblose Wüste.

Eine halbe Stunde später habe ich die Kontrolle über mich wieder. Und versuche es noch einmal.

Atme tief durch um meiner Stimme Sicherheit zu geben.

„Verzeihen Sie, mein Mann sitzt im Flugzeug nach Montevideo, Uruguay. Können Sie mir sagen, wann es landet? Es ist wichtig, denn ich muss ihn dort sofort erreichen. Er hat wichtige Unterlagen zuhause vergessen."

Ohne nachzudenken fallen mir diese Lügen ein.

„Sorry, wir dürfen nicht ..."

„Natürlich, ich weiß. Aber es ist wirklich wichtig!" Woher nehme ich diese Bestimmtheit?

Ein Seufzen am anderen Ende der Leitung.

„Na schön, ausnahmsweise. Es landet um 22 Uhr 54, mitteleuropä-

ische Zeit. Aber über Passagiere dürfen wir keine Auskunft geben."
Ich weiß zwar nicht mit Sicherheit, ob Luis und Andreas tatsächlich in dieser Maschine sitzen, aber wo sollten sie sonst sein?
Als nächstes ermittle ich die Telefonnummer der uruguayischen Botschaft in Wien und dort gelingt es dem freundlichen Herrn am Telefon tatsächlich, die Nummer meiner Schwiegermutter zu finden.
Zum Glück erinnerte ich mich an den Vornamen von Luis Mutter: Eda – ich hatte vor längerer Zeit einen ihrer Briefe an Luis gelesen – und als er mir den Namen der Straße nennt, erkenne ich auch diesen - und schon halte ich ihre Nummer meinen Händen.
Ich habe Angst. Was wird sie mir sagen? Ich spüre Schweißperlen auf meiner Stirn und brauche einige Minuten bis ich erneut zum Telefon greife.

Ich wähle zitternd die Nummer, es läutet beinahe im selben Augenblick. Als befände sich Montevideo gleich irgendwo nebenan. Und nicht auf der anderen Seite des Globus.
„Hola, quien es?"
Wer ist da – mein Herz klopft. Wird sie mir - kann sie mir überhaupt Auskunft geben?
Ich weiß ja nicht, ob Luis tatsächlich hinfliegt und was er ihr erzählt hat ...
„Soy Margarita, la esposa de Luis"
Die Ehefrau von Luis - ich habe es kaum über die Lippen gebracht. Nun weine ich schon wieder. Versuche stockend irgendwie auf spanisch zu erklären ...
Verständnislos die Schwiegermutter am Telefon: „Que pasa? Was ist los? Luis kommt doch nur zu Besuch."
Er hat ihr erzählt, ich hätte keinen Urlaub bekommen und deshalb komme er alleine mit seinem Sohn. Um ihn seiner Familie vorzustellen.
Ich schluchze. „Ist doch alles nicht wahr."
Luis Flugzeug würde erst in einigen Stunden landen.
„Ich werde dich gleich anrufen, wenn sie da sind. Ich verspreche es!"
Sie freut sich so darauf, ihren Sohn nach neun Jahren wieder zu sehen und ihr erstes Enkelkind in die Arme zu schließen. Sie würde

auch mich gerne kennen lernen.
Ich lege den Hörer auf und heule nun richtig los.

Mein Kind sitzt also wirklich im Flugzeug nach Südamerika!
Jetzt wo ich Gewissheit habe, bin ich ein wenig beruhigt.
Mein Baby ist nicht allein und eine Oma wartet auf ihn.
Irgendwo über dem Atlantik in 12 000 m Höhe ist er jetzt. Geht
es ihm gut oder weint er und will getröstet werden? Fehle ich ihm?
Sein Papa liebt ihn, aber hat er genug Geduld, wenn er weint?
Und der Teddy ist nicht dabei ...
Ich muss schnellstens nach Uruguay. Sofort.
Aber mein Reisepass! Luis hat ihn an sich genommen, das ist sicher.
Er will mich aufhalten, mich daran hindern, ihnen zu folgen.
Ich bin verzweifelt.
Bei der Polizei habe ich den Verlust meines Passes gemeldet.
Gleich am nächsten Tag gehe ich zum Amt und beantrage einen
Ersatz. „Bitte dringend ...“
Und ich telefoniere abermals mit meiner Schwiegermutter in
Uruguay.
Sie gibt den Hörer weiter und ich habe plötzlich Luis am anderen
Ende der Leitung.

„Warum nur? Wie konntest du mir das antun? Ich hab Dir vertraut!“
Will schreien, weinen! So viele Fragen in meinem Kopf. Vollkommen
unnötig, Vorwürfe über diese Distanz zu machen. Nur ein Flehen
bleibt.
„Gib mir Andreas ans Telefon, bitte. Ich will ihn hören.“
„Er schläft.“
„Bitte! Geht es ihm gut?“
Ich umklammere das Telefon. Die Knöchel meiner Finger sind
weiß, die Finger taub.
„Kommt zurück bitte – Luis!“
„Du wirst sehen, es geht dir viel besser ohne Andreas. Du brauchst
ihn nicht, kannst jetzt tun, was immer du willst.“
Seine Stimme ist kalt. Ohne Gefühl. Und er scheint zu wissen, was
ich vorhabe.
„Und denke ja nicht daran, hierher zu kommen. Wir kommen super
ohne dich klar. Andreas ist noch klein, er hat dich bald vergessen.“

Mein Herz droht zu zerreißen. Wie kann er mir das antun!

„Wir fliegen in ein paar Tagen weiter nach Brasilien, ich besuche Freunde und dort bleiben wir dann die nächste Zeit. Also bleib, wo Du bist. Brasilien ist groß - du wirst uns nie finden!"

„Hallo? Luis? Bitte ... nein ..."

Er hat aufgelegt. Einfach aufgelegt.

Du wirst uns nie finden – der Hohn in seiner Stimme verfolgt mich. Ich sinke zu Boden, kauere mich an die Wand und wünsche mir, alles würde einfach aufhören zu existieren.

Sterben – das wäre die Erlösung – kein Denken, Fühlen, Leiden. Keine quälenden Selbstvorwürfe mehr - mich nicht ständig fragen müssen: Was habe ich falsch gemacht? Warum? Meine im Kopf herum jagenden Gedanken endlich zum Schweigen bringen. Ich kann nicht mehr.

Meine Schwester findet mich und bringt mich in mein Bett, flößt mir wieder irgendein Mittel ein.

„Ruh dich ein weing aus. Du kannst momentan sowieso nichts tun. Hab Vertrauen. Wird alles wieder gut werden. Du wirst deinen Jungen wiederkriegen, ganz bestimmt. Glaub daran."

Ich kann mich aber nicht ausruhen und beruhigen. Muss was tun!

Mit diesem Gedanken falle ich in einen kurzen Schlaf.

Bereits drei Tage später halte ich meinen neuen Reisepass in den Händen.

Nun werde ich aktiv. Ich gehe in das nächste Reisebüro und buche einen Flug nach Montevideo. Ohne Rückflug.

Als nächstes kündige ich meinen Job.

„Überlegen Sie sich das sehr gut."

Mein Arbeitgeber sitzt mir an seinem pompösen Schreibtisch gegenüber.

„Wollen Sie dieses Risiko wirklich auf sich nehmen? Vielleicht ist Ihr Kind ja gut aufgehoben bei seinem Vater? Sie sind doch jung und können doch hier ein neues Leben anfangen, noch viele Kinder haben."

Ich glaube nicht, was ich da höre. Wie kann jemand nur im Entferntesten denken, ich könnte einfach weiterleben ohne Andreas? Oder ihn einfach durch ein anderes Kind ersetzen?

Mit meinem Flugticket in der Tasche besuche ich als nächstes den Rechtsanwalt, um ihm meine Entscheidung mitzuteilen und nachzufragen, ob sich irgendwelche Neuigkeiten ergeben haben.
Natürlich gibt es die nicht. Die Wege der Bürokratie brauchen Zeit, manchmal viel Zeit.
Auch der Anwalt will mir mein Vorhaben ausreden, versucht mich nochmals auf alle möglichen Gefahren hinzuweisen, spricht von unbedachtem Vorhaben und Unüberlegtheit. Ich höre kaum zu.
Bin in Gedanken bereits weit weg.
Mein Entschluss steht fest, daran ist nicht zu rütteln.
Ich fühle mich voller Tatendrang, jetzt wo ich weiß, was ich zu tun habe.
Die gut gemeinten Ratschläge und Warnungen bestätigen mich eigenartigerweise von der Richtigkeit meines Vorhabens.
Auf dem Polizeiamt ergeht es mir ähnlich.
„Überlassen Sie das den Anwälten und der Polizei! Sie begeben sich verantwortungslos in eine gefährliche Situation. Auf keinen Fall dürfen Sie im Alleingang versuchen ihr Kind zu holen. Seien Sie doch vernünftig!“
Vernünftig - genau das bin ich jetzt.
Vernünftig genug, mich auf mich selber zu verlassen.
„Wer außer mir hat einen echten Grund, Andreas zurück zu holen? Niemand! Das ist mein „Fall“ und der wird nicht in Aktenschränken verstauben, während ich darauf hoffe, dass mir irgendeiner hilft und mir meinen Kleinen wiederbringt!“
Mit jedem Wort wächst die Sicherheit in mir.
„Ich werde mein Kind zurückholen!“

Entschlossenheit,
stärker als Verzweiflung

Erst eine Woche ist vergangen seit dem schlimmsten Tag in meinem Leben als ich in einer Maschine der Air Italia sitze und Europa sich unter mir immer weiter entfernt.

Es war eine unglaublich lange Woche gewesen, aber nun ist Schluss mit Warten und Hoffen.

Mein Vater hat, ohne von mir gebeten worden zu sein, mit das Geld für das Flugticket in die Hand gedrückt und gemeint: „Hol ihn zurück, deinen Kleinen. Bring ihn uns wieder."

Und das werde ich.

„Ich komme wieder, aber nur mit Andreas, egal, wie lange es dauern wird. Das verspreche ich Dir."

Mein Vater zeigt nicht oft Gefühle, aber diese Sache geht ihm sehr zu Herzen.

Nach meiner Abreise muss er eine Woche ins Krankenhaus, Herzbeschwerden wegen der ganzen Aufregungen. Das erfahre ich aber erst viel später.

Nach dem Telefonat mit Luis habe ich nicht mehr mit ihm gesprochen. Ich habe Angst, er könnte merken, dass ich meine Abreise vor-bereite und sich mit Andreas verstecken. Ob er wirklich nach Brasilien weitergereist ist? Wie soll ich sie da jemals finden?

Ich sehe in den Spiegel der winzigen Flugzeugtoilette.

In dieser einen Woche scheine ich gealtert zu sein. Waren da vorher diese tiefen Furchen zwischen Nase und Mundwinkel gewesen? Und zwischen meinen Augen? Tief haben sich die Falten meines Kummers in meine Haut eingegraben.

Sie werden bald wieder verschwunden sein oder sich nach Möglichkeit in Lachfalten verwandeln. Das verspreche ich mir und versuche schon mal als Probedurchgang mein Spiegelbild anzulächeln. Momentan wirkt es wie ein verzerrtes aufgesetztes Grinsen. Ich werde wieder glücklich lachen, verspreche ich meinem Gegenüber, das mir so fremd ist.

∗∗∗

Dreiundzwanzig Stunden dauert mein Flug mit zwei Zwischenlandungen. Die Nervosität lässt mich keinen Schlaf finden. Ich nicke stets kurz ein, um gleich wieder hochzuschrecken. In Albträumen verpasse ich den Zielflughafen. Mein Kind streckt mir die Hand entgegen und ich rase im Flugzeug vorbei … Ich erwache mit Herzklopfen. Sehe auf die Uhr.
Mit jeder Stunde verringert sich die Distanz zu meinem Kind. Ich krame in meiner Handtasche und hole den kleinen Teddy raus. Ziehe an der Schnur und fühle mich ihm mit der ertönenden Musik schon ganz nahe.
„Mami ist bald bei dir, mein Süßer."

Hektik empfängt mich auf Montevideos Flughafen.
Montevideo – in der Hauptstadt Uruguays am Rio de la Plata lebt fast zwei Drittel der Bevölkerung.
An der dreihundert Kilometer langen und bis zu zweihundert Kilometer breiten Bucht Rio de la Plata liegt im Osten Montevideo, auf der westlichen Seite Buenos Aires, Argentiniens Hauptstadt.
Ich fühle mich verloren. Keiner ist hier um mich abzuholen.
Von den vielen Schildern, die in der Ankunftshalle in die Höhe gehalten werden, zeigt keiner meinen Namen. Niemand ahnt von meinem Schicksal oder kümmert sich um meine Sorgen. Ich muss da alleine durch. Und mir als erstes ein Taxi suchen.

„A donde?"
Wohin will ich? Natürlich zu Andreas, aber als erstes muss ich zum österreichischen Konsulat. Ich hole zitternd den Notizzettel aus meiner Börse, worauf ich dessen Adresse und die meiner Schwiegermutter notiert habe.
Auf dem Konsulat wird mir nicht wirklich weitergeholfen, aber ich bekomme zumindest die Zusage, dass ich mich bei Schwierigkeiten jederzeit an sie wenden könne. Mir wird geraten, den Reisepass einstweilen hier zu verwahren, was ich aber ablehne. Mit gut gemeinten Ratschlägen und Wünschen werde ich verabschiedet. Ich fühle mich nicht mehr ganz so einsam in dieser Millionenstadt. Mit der Sicherheit, hier Zuflucht zu finden, wenn es nötig werden sollte kehre ich zum wartenden Taxi zurück.

Es ist soweit - ich fahre zu meinem Kind.
Dem Taxifahrer nenne ich die Adresse: „Carrasco Nr. 72a"

„Hier ist Calle Carrasco, aber es gibt keine Nr. 72. Kann nicht stimmen, tut mir leid."
Der Taxifahrer wird ungeduldig.
„Aber es muss da wo sein, ich hab die Adresse von der Botschaft."

Wir befinden uns mitten im Zentrum Montevideos, irgendwo in einem dieser Hochhäuser inmitten dieses lauten Straßenverkehrs muss mein Kind sein.
„Geben Sie mir den Zettel, lassen Sie mich lesen."
Der Fahrer schüttelt den Kopf.
„Madre mia, das ist das Viertel Carrasco, nicht Calle Carrasco! Das ist doch ganz woanders."
Ich bin erleichtert. Eine zweite Chance, dort werde ich ihn hoffentlich finden!
Eine halbe Stunde später hat sich das Stadtbild geändert. Wir befinden uns jetzt in einem ruhigen Stadtteil mit schönen Einfamilienhäusern und gepflegten Gärten davor.
Langsam rollt das Taxi durch die Straße.
„70, 71, 72, da ist es, Señora!"
Mein Fahrer freut sich mit mir, ich habe ihm kurz erzählt, warum ich hier bin.
„Adios y Suerte! Viel Glück!" Er lächelt mir nach.

Nun stehe ich mit meinem Koffer vor dem fremden Haus. Ein zweigeschossiges, hellbraun gestrichenes Haus, flaches Dach mit Balkon im ersten Stock.
Niemand ist zu sehen. Es ist später Nachmittag und angenehm warm, Spätsommer hier auf der südlichen Hemisphäre. Andreas könnte doch im Garten spielen, denke ich aber dieser liegt still und verlassen vor dem Haus.
Nur ein Ball liegt halb versteckt unter einem gelb blühenden Strauch.
Hat mein Junge damit gespielt?
Mein Herz schlägt so laut, dass die Geräusche der Umgebung verschwimmen und undeutlich werden. Es bereitet mir Mühe, mich

und mein Gepäck zum Hauseingang zu schleppen. Plötzlich habe ich Angst, riesige Angst davor was mich hinter dieser Tür erwarten könnte.

72a: Eda Baldriz - 72 b: Ricardo Baldriz

Ich läute bei Eda, warte.

Ist denn niemand zu Hause? Panik. Ich läute nochmals, höre Schritte über eine Treppe. „Espera un momento, ya vengo!"

Einen Moment warten. Herzklopfen. Wenn es sein muss, warte ich eine Ewigkeit oder zwei, aber bitte lass mich zu meinem Sohn.

„Soy Margarita, esta aqui mi hijo? "

Ich bringe nur ein Stammeln, Stottern hervor: Ist mein Kind hier? Noch bevor mir die überraschte Frau antworten kann, heule ich auch schon los.

All meine Verzweiflung, die ich während der Reise zurückgedrängt hatte, bricht hervor.

Ich stehe mit hängenden Schultern vor einer mir fremden Person in einer noch fremderen Stadt auf einem fremden Kontinent und weine und schluchze und kann nicht mehr aufhören.

Mit offenem Mund sieht sie mich an, um mich dann sofort in die Arme zu schließen.

„Alles wird gut, Margarita, beruhige dich. Ich wusste nicht, dass du kommst, aber das ist schön. Gut dass du da bist. Alles wird gut."

Sie lotst mich in ihr Haus.

„Wo sind Luis und Andreas? Bitte sag es mir!"

Wird sie mir helfen?

In der Wohnung ist es still, außer meiner Schwiegermutter ist niemand zu sehen.

Stockend erzähle ich ihr meine Version der Geschichte. Sie ist sprachlos, weint mit mir.

„Ich wusste das doch nicht. Luis taucht nach so vielen Jahren einfach hier auf und denkt, ich kann mich um seinen Sohn kümmern. Er will sich eine Arbeit suchen. Ich bin überglücklich ihn und mein Enkelkind hier zu haben. Aber ich muss arbeiten, kann mich nicht um Andreas kümmern. Er hat gestern ein paar Sachen gepackt und ist gegangen. Ich weiß nicht wohin."

„Oh Gott, er hat gesagt, er will nach Brasilien ..."

Ich bin zu spät gekommen - zu spät - schießt es mir durch den Kopf.

„Ich ruf bei seinem Vater an. Vielleicht weiß der Bescheid.“
Eda spricht schnell und es fällt mir schwer, etwas von dem Telefonat
zu verstehen.

„Sie sind da, Margarita! Luis wird sich bei dir melden. Sein Vater
wird dafür sorgen. Er hat es mir versprochen.“
Luis Vater lebt bereits seit über zehn Jahren von Eda getrennt, hat
wieder geheiratet und mit seiner zweiten Frau einen Sohn von acht
Jahren. Den Luis verachtet.
Luis hat es nie wirklich verkraftet, dass sein Vater die Familie
verlassen hat. Damals war er ein verstörter Junge von zwölf Jahren
gewesen und hatte die ganze Schuld seiner Mutter zugeschrieben.
Sie habe den Vater aus dem Hause verjagt, redete er sich ein.
Bis heute hasst er seine Mutter dafür, erzählte er mir mal. Nie ist er
auf die Idee gekommen, sein Vater könnte Fehler gemacht haben,
obwohl er derjenige gewesen war, der seine Frau mit drei Kindern
alleine gelassen hatte.
Eda hat Tee zubereitet, nun sitzen wir in ihrem Wohnzimmer und
warten.
Dunkel ist es im Zimmer, das braune Ledersofa steht zwischen
schwarzen Möbeln. Überall stehen kitschige Porzellanfiguren
auf gehäkelten Deckchen und sehen mich teilnahmslos aus ihren
leblosen Augen an. Die Vorhänge sind zugezogen, um die Sommerhitze draußen zu halten. An der Wand steht eine große dunkle
Standuhr und tickt leise vor sich hin.
„Noch Tee? Nimm dir ein paar Kekse!“
Eda kümmert sich um mich, wirkt fast so nervös wie ich.
Ihr Sohn hat unser gemeinsames Kind entführt. Sie ist ebenso
Mutter, kann sich in meine Situation hinein fühlen, aber sie ist
auch die Großmutter von Andreas. Luis ist ihr Sohn. Wird sie seine
Ansichten teilen, ihn unterstützen?
Ich blicke zum wohl zehnten Mal zur Uhr. Eine Stunde ist beinahe
vergangen.
Warum ruft er nicht zurück?
Schweißtropfen bilden sich zwischen meinen Schulterblättern.
Meine Hände sind trotz der Hitze eiskalt und zittern.
Endlich klingelt das Telefon. Obwohl ich es kaum noch ausgehalten
habe so lange zu warten, fällt mir nun beinahe die Teetasse, aus der

ich eben einen Schluck machen wollte, aus der Hand.
„Es ist Luis."
Eda gibt mir das Telefon.

„Was machst du hier? Ich hab dir doch gesagt, du sollst nicht
kommen."
Er lässt mich gar nicht erst zu Wort kommen. Ich kämpfe wieder
mit den Tränen.
„Hör gut zu Margarita. Mein Vater bereitet ein Schreiben vor. Ich
bringe es morgen vorbei. Das wirst du unterzeichnen. Erst dann
wirst du Andreas wieder sehen."
„Ich unterschreibe dir alles, nur bitte kommt jetzt. Bitte. Ich halte
es nicht mehr aus."
„Du wirst dich einverstanden erklären, dass mein Sohn hier bleibt
und Uruguay nur mit meinem ausdrücklichen Einverständnis
verlassen darf! Hast du das kapiert?"
Ich schlucke. Damit habe ich nicht gerechnet. In meinem Kopf
jagen die Gedanken.
„Ich werde nirgendwo hingehen mit ihm. Bitte. Ich will bei meiner
Familie sein. Das sind Andreas und du."
Ich will überhaupt nie wieder mit Luis zusammen sein nach allem
was geschehen ist.
Aber ich würde ihm in diesem Moment alles versprechen nur um
Andreas wieder im Arm halten zu dürfen.

Luis lässt sich erweichen.
Eine halbe Stunde später darf ich endlich mein Kind umarmen.
Im Arm seines Vaters blickt er mich anfangs unsicher an und
klammert sich an Luis, als ich ihn anspreche und nehmen will.
Schon eine Woche genügt um ein eineinhalbjähriges Kind seiner
Mutter zu entfremden.
Aber nach ein paar Minuten ändert sich sein Gesichtsausdruck.
Andreas will zu mir und die alte Vertrautheit ist wiederhergestellt.
Ich bin so glücklich.
Die Reise nach Brasilien war wahrscheinlich nur eine Lüge. Sie
waren nur einige Tage bei seinem Vater zu Besuch gewesen.
Wir bewohnen das Zimmer von Silvana, der jüngeren Schwester
von Luis.

Sie ist sechzehn und nicht besonders erfreut, zu ihrer zweiund-
zwanzigjährigen Schwester Carolina in deren Zimmer ziehen zu
müssen.
Aber es soll nur vorübergehend sein. Und sie liebt bereits wie ihre
Schwester ihren kleinen Neffen.
Luis verlangt eine neue Chance in seiner Heimat, jetzt wo ich schon
hier bin. Vermutlich ist er froh darüber, denn sich rund um die Uhr
um ein Kind zu kümmern ist anstrengend. Das gibt er zu.
Und ich bin gerne dazu bereit.
Für mich ist die Welt beinahe wieder in Ordnung jetzt, da ich
meinen Andreas bei mir habe. Im Moment ist mir egal, wo wir sind.
„Du hast mir keine andere Wahl gelassen. Ich musste ihn
mitnehmen. Andreas ist mein Sohn."
Schuld daran sei natürlich nur ich, dass es so weit gekommen
konnte.
Ich übernehme sie. Hauptsache, ich verliere mein Kind nie wieder.
Und ich meine es ernst. Ich will es noch mal versuchen mit Luis.
Wir kommen uns wieder ein wenig näher, reden viel und machen
neue Pläne.
Ein kleines Haus außerhalb Montevideos, vielleicht sogar eine kleine
Finca wäre ein Traum. Die Großstadt gefällt uns beiden nicht.
Luis Cousin Alberto besitzt eine kleine Farm fernab der Stadt. Dort
verbringen wir ein paar Tage. So stelle ich mir Südamerika vor.
Fast eintönig erstrecken sich von Schafherden und Rindern
beweidete Hügel bis zum Horizont. Gauchos begleiten sie auf
ihren Pferden. Siedlungen sieht man dagegen kaum, nur manchmal
vereinzelte weit verstreute Bauernhäuser - Fincas.
Aus einer Herde Criollos, die mitten in Albertos Rinderherde
grasen, suche ich mir ein Pferd aus.
Mit Andreas vor mir im Sattel, der vor Vergnügen jauchzt, erkunde
ich die Umgebung.
Der Sattel besteht aus einem einfachen Gerüst aus Holz, dem
Sattelbaum. Über einer dicken Decke wird er auf das Pferd
geschnallt, darüber kommt eine dicke Schicht aus Lammfellen, was
ihn sehr bequem zum Sitzen macht und durch seine Größe bietet
er problemlos Platz für uns beide.
So ein Leben könnte ich mir vorstellen - fernab vom Großstadtlärm
in dieser Weite und Ruhe.

Ich bin eben ein Landkind.

Ein kleiner Fluss zieht sich durch die karge Landschaft und ein sanfter Wind bringt die Blätter der wenigen Bäume zum Rascheln. Mein Pferd scheut kurz und springt dann geschickt über eine Schlange, die sich über unseren Weg schlängelt. Andreas lacht, er findet das lustig.

Ich hab mich ablenken lassen, mich meinen Träumen hingegeben. Jetzt konzentriere ich mich lieber wieder auf mein Pferd und auf den kleinen Passagier vor mir im Sattel.

Luis begibt sich auf Arbeitssuche.

So einfach wie er sich das ausgemalt hat, ist es nicht.

In Uruguay herrscht große Arbeitslosigkeit, die Löhne sind im Vergleich zu unseren Europäischen extrem niedrig. Die Kosten für Wohnen und Leben aber ziemlich hoch.

Land und Häuser im Landesinnern sind billig zu erstehen, nur gibt es dort keine Arbeit.

Wir als überzeugte Vegetarier würden uns auch nicht besonders als Schaf- oder Rinderzüchter eignen. Außerdem haben wir kein Kapital um Land zu kaufen. Wir könnten auch eine Finca mieten, überlegt Luis.

Die schönen Tage hier gehen zu Ende, wir kehren zurück in die Stadt.

Edas Haus liegt in einer der besten Gegenden Montevideos, hier ist es zum Glück ruhig und angenehm. Ich borge mir ihr Fahrrad und Luis montiert einen Kindersitz.

Nun bin ich mobil und kann mit Andreas raus. Zum Strand, der Playa Carrasco radeln wir bald täglich, nur fünfzehn Minuten entfernt von unserem neuen Zuhause.

Der Sommer hat sich verabschiedet, es wird kühler. Zum Baden ist es schon zu kalt, aber Andreas stapft durch den feinen Sand, wir sammeln kleine Muscheln und beobachten die frechen Möwen.

Hinter dem kilometerlangen Strand erstrecken sich die Hochhäuser Montevideos.

Hier aber ist es ruhig und friedvoll.

Das leise Rauschen der Wellen wirkt beruhigend auf mein aufgewühltes Inneres. Langsam beginne ich mich in meiner erzwungenen neuen Umgebung wohl zu fühlen.

Luis hat kaum Zeit für uns. Er ist viel unterwegs um Freunde von früher zu treffen, sich um Arbeit oder Geschäfte zu kümmern.
Er erzählt nicht viel und kehrt oft erst mitten in der Nacht heim.
Eda ist Lehrerin und unterrichtet vormittags in einer Schule Englisch und am Nachmittag daheim Privatschüler. Carolina arbeitet als Sekretärin und hat einen Arbeitstag von neun bis zehn Stunden. Silvana besucht noch die Schule.
Also verbringe ich tagsüber viel Zeit allein mit Andreas, die ich nach unserer Trennung ganz besonders genieße.
Meine anfängliche Hoffnung, die Beziehung zu Luis würde sich in seiner Heimat wieder vertiefen, schwindet von Tag zu Tag.
Luis möchte so schnell wie möglich ein zweites Kind mit mir.
Damit Andreas nicht allein aufwachsen muss und um unsere Familie zu festigen.
Zögernd willige ich ein. Nach einigen Wochen ohne Verhütung bin ich aber erleichtert, als meine Periode einsetzt und ich überrede Luis, damit zu warten, bis wir eine eigene Bleibe und ein sicheres Einkommen haben.
Luis Onkel Fernando betreibt eine kleine Tischlerei in Montevideo und bietet ihm an, vorübergehend für ihn zu arbeiten.
Aber das will Luis nicht, er hofft auf ein besseres Angebot. Das aber nicht kommt.
Wir beginnen wieder von meinem mitgebrachten Notgroschen zu leben.
Viel brauchen wir nicht, aber es ist mir unangenehm, Luis Mutter ständig auf der Tasche zu liegen. Sie arbeitet hart und viel, kann sich von ihrem Lohn als Englischprofessorin nicht mal ein eigenes Auto leisten. Davon träumt sie seit Jahren.

Auf Montevideos Straßen sind viele Fahrzeuge noch aus den 20er bis 40er Jahren im Einsatz. Oft liebevoll renoviert, manchmal als absolute Rostgefährte gehören sie zum Alltag und werden gerne ins Ausland, vor allem nach Europa verkauft.
Aber ob Oldtimer oder Neuwagen, für Eda bleibt ein eigenes Auto vorerst ein Wunschtraum.
Früher ging es ihnen sehr gut, erzählt sie mir. Ihr Mann verdiente genug als Kapitän und sie verkehrten in bester Gesellschaft.

Über zehn Jahre liegt das zurück, doch meine Schwiegermutter erzählt gerne von damals, als ihre Welt noch in Ordnung war.

Bevor ihr Sohn begonnen hat, sie zu hassen und ihr die alleinige Schuld am Scheitern der Ehe gab. Luis war davor so ein liebes Kind gewesen, konnte es jedoch nie verwinden, von seinem Vater verlassen worden zu sein.

Als Siebzehnjähriger brach er die Schule ab und verließ ohne Einwilligung seiner Mutter das Land. Er ging für einige Monate nach Peru. Dort bot ihm ein Fremder ein günstiges Flugticket an. Luis kaufte es und landete damit in Europa, wo er die nächsten neun Jahre verbrachte. Und ich ihn als Anhalter an der Straße auflas.

Über einen Monat bin ich jetzt hier, Routine beginnt sich einzustellen.

Luis verbringt immer mehr Zeit mit irgendwelchen Kumpels, ich die meine mit Andreas. Die Wochenenden gehören aus Tradition der Familie. Wir unternehmen ab und zu Ausflüge in die Umgebung, besuchen Spielplätze und auch einmal eine Feria mit Rodeo.

An den Sonntagen trifft sich die ganze Familie zum Fünf-Uhr Tee in Edas Haus.

Alle kommen, Edas Vater, Geschwister, Schwager, Nichten und Neffen.

Der Esszimmertisch wird verlängert, um allen Platz zu bieten und um die vielen leckeren Kuchen und Torten unterzubringen. Diese sonntägliche Tradition wird in Uruguay wichtig genommen und mir gefallen diese engen Familienbande.

Andreas ist der Liebling aller und wird an solchen Tagen mit Küssen und Zuwendungen überhäuft.

Luis heckt was aus.

Ich kann es spüren. Was, das erfahre ich bald.

„Margarita, wir kaufen eine Finca. Ich werde uns das Geld beschaffen."

„Und wie willst du das anstellen?" Ich schaue ihn skeptisch an.

„Ich hab noch ein Rückflugticket nach Europa. Ich werde nächste Woche nach Amsterdam fliegen."

„Nach Amsterdam?" Ich ahne bereits, was kommen wird.

„Ich habe dort einen Freund."

„Ja? Und? Mach es nicht so spannend."

Luis nimmt meine Hände, will mich wohl schon vorher beruhigen.

„In Amsterdam kostet Kokain zehnmal mehr als hier."

„Luis! Du wolltest doch ehrliche Arbeit suchen."

„Mit Arbeit haben wir nie die Chance, uns ein Haus zu kaufen. Wenn ich um tausend Dollar Koks einkaufe, erziele ich dort drüben zehntausend dafür. Zehntausend! Dafür können wir uns hier in Uruguay eine kleine Finca kaufen. Das wird unser Start hier. Oder willst du ewig bei meiner Mutter wohnen?"

„Natürlich nicht, aber das ist illegal. Ein Verbrechen! Du könntest erwischt werden. Dann sitzt du im Gefängnis und was ist dann mit uns? Wie willst du dann für deinen Sohn da sein?"

„Dann bist du mich los und kannst zu deiner Familie zurückkehren. Also was regst du dich auf?"

„Du bist gemein. Und ich will mit deinen krummen Geschäften sicher nichts zu tun haben."

„Margarita, du hast doch noch Geld. Ich verzehnfache es, vertrau mir."

„Das rührst du nicht an, um Koks zu kaufen." Ich bin böse.

„Wir sind verheiratet, also ist es auch mein Geld." In Luis Stimme höre ich einen gefährlichen Unterton.

„Es ist alles besprochen. Ich habe den Flug bereits reservieren lassen. Alberto kommt mit.

Heute Abend treffen wir uns mit dem Lieferanten. Es ist alles arrangiert."

Ohne mich anzusehen, geht mein Mann zum Kleiderschrank und holt das Kuvert, das ich zwischen den T-Shirts aufbewahrt habe. Er zählt die Scheine.

„Sind noch Eintausendvierhundert. Ich lasse dir Dreihundert zurück. Mehr brauchst du nicht. In spätestens zwei Wochen bin ich wieder daheim und bringe richtig Plata mit."

Ich bin sprachlos, enttäuscht und versuche den Gedanken zurück zu drängen, der in mir aufkeimt. Vielleicht wird er wirklich erwischt? Dann bin ich meine Sorgen auch los, ohne mein Zutun. Oder soll ich nachhelfen?

Als könnte er meine Gedanken lesen, meint Luis: „Kannst mich ja verpetzten. Na los, geh zur Polizei!"

Ich wende mich ab, die Dollars verschwinden in Luis Hosentasche.

Ein Freund von Luis leistet gute Arbeit und präpariert seine Schuhe. Dieser betritt kurz darauf mit Schuhsohlen, die mit in Plastik eingeschweißtem Kokain gefüllt sind und sorgfältig wieder zugenagelt wurden, das europäische Festland in Amsterdam.
Andreas und ich bleiben zurück. Aufgehoben bei der Schwiegermutter, die als einzige nicht ahnt, welchen Geschäften ihr Sohn in Europa nachgehen will.
Und ich denke nach.
Luis hat kein Vertrauen in mich, hat mich vor seiner Abreise wieder gewarnt, dass ich nur nicht auf die dumme Idee kommen solle, seine Abwesenheit auszunützen und nach Österreich zurück zu fliegen.
„Ich finde euch ganz schnell und außerdem bin ich ja dann ebenfalls schon drüben."
Als Sicherheit nimmt er mir meinen Reisepass ab. Ich lasse es kommentarlos geschehen. Wenn ich gehen will, kann ich das auch so, das Konsulat würde mich unterstützen.

„Ich vermisse dich jetzt schon, und Andreas auch. Ich tu das für uns, für unsere Familie. Wir gehören zusammen und ich werde für euch sorgen. Das habe ich versprochen."
Luis umarmt mich und schaut mir tief in die Augen, sucht darin wohl Bestätigung, mein Einverständnis für sein Vorhaben.
Ich weiß nicht, was ich von seinen Worten halten soll.
Zu gerne will ich ihm glauben, doch meine Abneigung gegen seine Reise wächst von Minute zu Minute.
„Ich bin spätestens in zwei Wochen zurück. Und dann kaufen wir uns eine Finca draußen im Campo, weit weg von der Großstadt, dort wo du dich wohl fühlst."
„Hör auf, Luis."
„Und ihr wartet hier auf mich. Wenn ich zurückkomme, bist du da, du und mein Sohn.
Schwöre es!"
„Ja, mein Gott, wo soll ich denn hin?"
Er lächelt, küsst mich fest auf die Lippen und drückt mich an sich.
„Du gehörst mir, das weißt du?" Ich schließe die Augen.
„Wo ist mein Andreas? Komm her, mein Sohn. Adios! Papa fliegt weit weg und bringt viel Plata, viel Geld, mit!" Andreas wird von

seinem Vater durch die Luft gewirbelt.
„Ich liebe dich, mein Sohn, bis bald!“

***

„Was soll das heißen, du kannst noch nicht heimkommen? Du bist
schon drei Wochen weg!
Nein, sag nichts! Ich glaube dir sowieso nicht.
Es ist nicht so leicht, wie es du dir vorgestellt hast?
Was hast du denn gedacht?
Dass alle Drogensüchtigen auf dich warten und dir das Koks aus
den Händen reißen?
Ja, ja, ich beruhige mich schon. Keine Angst. Wir warten auf dich.
Alles klar.“
Ich werfe den Hörer auf das alte Telefon.
„Warum tut er mir das an? Warum lasse ich mir das gefallen? Bin
ich blöd!“
Ich habe laut gesprochen, meine Schwiegermutter steht in der Tür.
„Que pasa? Was ist los? War das Luis?“
Sie hat nichts von meinem Selbstgespräch verstanden.
„Ja. Er bleibt noch eine Weile weg.“
„Pobre, du Arme – das tut mir leid. Was macht er überhaupt in
Europa?
Jetzt, wo ihr zwei doch hier seid?“
Das bringt mich nun doch zum Weinen. Das ist so typisch für
meinen Mann.
„Sie darf unter keinen Umständen von meinen Geschäften in
Holland erfahren. Das kann ich ihr nicht antun!“ hat er mich vor
der Abreise beschworen.
Und ich bringe es auch nicht übers Herz, dieser gütigen, immer
netten Frau die Wahrheit zu sagen. Sie ist so glücklich, ihren Sohn
nach neun Jahren wieder zu haben, ihn sogar mit einer Familie
zurückbekommen zu haben. Ich will sie nicht traurig machen.
Ich sehne mich plötzlich nach meiner Heimat und nach meiner
eigenen Familie.

Aber ich hab es versprochen und ich halte mein Versprechen.
Ich werde auf ihn warten. Nur dieses eine Mal noch.

„Wenn du Probleme hast - sag es mir."

Die Schwiegermutter sieht mich lange prüfend an und meint leise: „Du bist meine Tochter, du kannst mir alles anvertrauen, vergiss das nicht, Margarita."

„Danke, gracias, ist schon wieder gut, ehrlich. Gehen wir Tee trinken!"

Ein Ritual - eine Tasse Tee hilft über alle Sorgen hinweg.

***

Ich warte beinahe gleichgültig auf meinen Mann.

Sein Flugzeug landet in einigen Minuten. Ich stehe in der Ankunftshalle, Andreas zappelt in meinem Arm. Er will spielen und laufen, doch ich habe Angst, mein Kind im Menschengetümmel aus den Augen zu verlieren.

Lieber ertrage ich sein Quengeln, seinen kindlichen Protest.

Er versteht mich nicht zum Glück.

Versteht noch nicht, warum ich ständig in Angst lebe, ihn zu verlieren.

Endlich kommen Luis und Alberto durch das Gate.

Mein Mann grinst, ich bringe kaum ein Lächeln zustande.

„Hallo, ihr Zwei!" Er umarmt uns stürmisch. „Ich habe Euch vermisst."

„Ist alles gut gegangen?"

Schweigend sitzen wir im Taxi.

In mir brennen viele Fragen, doch ich will warten, bis wir zuhause sind. Luis hält seinen Sohn im Arm. „Jetzt ist Papa wieder da, Cariño."

Nachdem alle Mitglieder der Familie begrüßt wurden, ziehen wir uns in unser Zimmer zurück. Ich will Näheres erfahren.

„Hör zu, Margarita, es war ziemlich schwierig in Amsterdam. Ich konnte nicht früher heim fliegen, denn der Verkauf war nicht so einfach, wie ich dachte. Aber jetzt kenn ich die richtigen Leute dort. Hier, nimm das Geld und bewahre es auf."

Er gibt mir ein Bündel Scheine. Ich zähle es und sehe Luis ungläubig an.

„Das ist alles?"

Er sagte „Ja, es gab Schwierigkeiten. Aber beim nächsten Mal ...“
„Beim nächsten Mal? Es gibt kein nächstes Mal. Denk an dein Versprechen!“
„Sei nicht kindisch. Ich hab jetzt Kontakte. Das hier war ein Versuch, aber nun wird das Geschäft laufen, glaub mir.“
„Dir glauben? Eintausendzweihundert Dollar!“
„Ja, ich musste das Flugticket bezahlen und hast du eine Ahnung, wie teuer alles in Amsterdam ist?“
„Das interessiert mich nicht, hörst du! Du wolltest eine einzige Chance, um für uns einen Beginn hier zu ermöglichen. Und jetzt? Jetzt erzählst du mir vom nächsten Deal.“
„Hör auf, ich will nicht mehr darüber reden.“
Die Tür fliegt mit lautem Krach zu, Luis eilt die Treppen hinunter und verlässt das Haus.
Ich schaue auf das Geld in meinen Händen und muss krampfhaft lachen und gleichzeitig weinen.
„Margarita?“
Es klopft leise an der Tür. Eda steht davor.
„Andreas will zu dir. Ich glaube, er ist müde. Alles in Ordnung? Wo ist denn Luis noch hin so spät?“
„Ich weiß nicht“, schluchze ich.
„Ist schon okay, mach dir keine Sorgen.“

Luis kehrt erst spät heim. Ich stelle mich schlafend.
„Verzeih mir, Margarita. Du hast mir so unendlich gefehlt“, flüstert er.
„Ich mach das wieder gut. Ich verspreche es dir.“
Er streichelt sanft über meinen Bauch umfasst meinen Busen. Seine Lippen suchen nach den meinen, er drängt sich an mich.
„Oh, ich liebe dich, mein Engel, brauche dich so sehr ...“

In den nächsten Tagen sprechen wir nicht mehr über Holland oder Drogen. Ich will dieses Erlebnis aus meinem Gedächtnis streichen. Luis hat die Gewohnheit wieder aufgenommen, abends zu wichtigen Besprechungen mit seinen Kumpels zu gehen, von denen ich nur seinen Cousin Alberto kenne. Und er kehrt oft erst bei Sonnenaufgang heim.
Ich schweige.

„Margarita, was ist los? Wir sehen doch, dass du unglücklich bist.
Hast du Heimweh? Du willst zu deiner Familie zurück, hab ich
recht? Du sollst wissen, wir helfen dir, wenn du uns brauchst.“
Ich sehe erstaunt zu meiner Schwiegermutter, Silvana und Carolina.
Sie sitzen um den Wohnzimmertisch, auf dem wie jeden
Sonntag Teegeschirr, Kuchen und Torten angerichtet sind. Die
Verwandtschaft wird jeden Augenblick eintreffen.
„Danke, es geht schon. Ich hab nur einige Probleme mit Luis.“
„Das wird schon wieder.“ Carolina umarmt mich. Sie weiß Bescheid
über seine Drogengeschäfte.

Als ich mich später schlafen lege, denke ich ernsthaft über eine
Heimkehr nach Österreich nach. Was soll denn passieren?
Soll ich die ständig angedeuteten Drohungen meines Mannes ernst
nehmen?
„Wage es ja nicht - ich finde euch überall!“
Wie oft habe ich mir das anhören müssen, um im nächsten Moment
mit Liebesschwüren überfallen zu werden.
„Das war nicht so gemeint, verzeih ...“
Unsere beengte Wohnungssituation mache ihm zu schaffen, er
halte das nicht länger aus.
„Aber bald werden wir unser eigenes Haus haben. Zumindest eine
Wohnung.“

Luis scheint sich immer weniger für uns zu interessieren.
Von Arbeitssuche ist keine Rede mehr. Wir reden auch sonst nur
mehr wenig miteinander. Irgendwie ist alles gesagt.
Und mir ist das nicht mehr wichtig. Ich fasse einen Entschluss.
Als Luis am nächsten Tag weg geht, durchsuche ich langsam und
konzentriert die Wohnung. Ich bin alleine mit Andreas im Haus, die
anderen sind bei der Arbeit.
Ich schaue in jede Schublade, zwischen den Kleidern in den
Schränken und hinter jedes Möbelstück.
Eingeklemmt an der Wand hinter einem schweren Kasten sehe ich
endlich was Grünes schimmern.
„Ich hab sie!“ Mit Mühe kann ich den Schrank einige Zentimeter
von der Wand wegschieben.
Das Gesuchte fällt zu Boden. Mit dem Besenstiel angele ich danach.

„Unsere Pässe, Andreas! Bald sind wir wieder bei Oma und Opa in
Österreich.
Freust du dich? Ja?"

Wenn ich mit meinem Sohn alleine bin, spreche ich deutsch.
Andreas Wortschatz wird jeden Tag größer, er vermischt deutsche
mit spanischen Worten, das ergibt oft lustige Kombinationen.
Lautstark forderte er vor einigen Tagen in einem Cafe im Zentrum:
„Butta, Butta!" als ich ihm ein Stück Brot gab.
Er wollte Butter aufs Brot. Die Leute am Nebentisch schauten
verwundert zu uns herüber. Das Wort `Butta` klang verdächtig
nach dem spanischen `Puta` und bedeutet Hure ...

„Das macht es um vieles einfacher, wenn wir heim wollen."
Ich bin erleichtert und überlege nun meinerseits, wo ich die
Dokumente vor Luis in Sicherheit bringen könnte.
Zum Konsulat bringen? Nein, das ist mir zu umständlich.
Wo soll ich sie nur hingeben, damit er sie nicht findet?
Das ist nicht leicht, die Wohnung nicht groß. Ich entscheide mich
für das Bücherregal. Immerhin ist dieses einige Meter breit und
erstreckt sich bis an die Zimmerdecke.
Bei so vielen Büchern wäre es Zufall, sollte er sie hier finden.
Ich nehme einen dicken, langweilig wirkenden Band über Uruguays
Geschichte.
„Den holt sicher niemand aus dem Regal!"
Ich schiebe die Pässe hinein und stelle ihn zurück in die oberste
Reihe.

Ein paar Tage später fahre ich mit dem Bus ins Zentrum um Ein-
käufe zu erledigen.
Das mache ich ab und zu, Luis akzeptiert es gleichgültig. Ich nütze
die Gelegenheit, um ein Reisebüro aufzusuchen und mich über
Flüge nach Österreich zu erkundigen.
Ich habe ein Problem. Eigentlich zwei.
Erstens kann ich keinen genauen Abflugtermin nennen, weil ich
nicht weiß, wann ich mit Andreas unbemerkt abreisen kann und das
größere Problem – das Geld reicht nicht für den Heimflug!
Buenos Aires in Argentinien ist nur eine Flugstunde entfernt und

es gehen täglich mehrere Flüge dorthin. Das bedeutet, ich könnte kurzfristig ein Ticket kaufen.
In dieser riesigen Stadt fände ich auch eine österreichische Botschaft, die mir helfen würde, Geld für den Heimflug zu organisieren.
Und mein Mann könnte ja versuchen uns in dieser Millionenmetropole zu finden!
Ich notiere mir die Telefonnummer des Büros und des Flughafens.
„Danke, ich überlege es mir noch."
Aber mein Plan steht fest, ich muss nur den richtigen Zeitpunkt abwarten.

„Du bist schon wach?"
Diese Frage kann ich mir nicht verkneifen. Wie so oft, war er erst spät nachts heimgekehrt und ich wundere mich, ihn schon zu sehen. Es ist neun Uhr morgens.
„Wie soll man denn da schlafen können? Bei dem Lärm ständig! Kann das Kind nicht endlich aufhören, so zu quengeln? Das hält ja keiner aus."
Er haut mit einer Faust auf den Tisch und packt dann seinen Sohn am Arm.
„Sei endlich still, hörst du! Benimm dich!"
Eine Sekunde schaut der Kleine seinen Vater ungläubig an, dann schreit er erschrocken los.
„Das ist ja nicht auszuhalten!"
Luis steht abrupt auf, der Sessel fällt um, die Wohnungstür ins Schloss.
Nun ist Andreas nicht mehr zu beruhigen, sein Gesichtchen ist rot angelaufen.
„Ist schon gut, mein Kleiner, alles ist gut."
Ich nehme ihn und streiche tröstend über sein Köpfchen.
Ich bin trotz Andreas Weinen ganz ruhig, denn nun steht mein Entschluss endgültig fest.
Ich weiß, was ich zu tun habe.

Als Luis einige Zeit später heimkommt bin ich freundlich und erwähne den Vorfall vom Morgen nicht. Ich bemühe mich, mich unauffällig zu verhalten.
Jetzt, wo ich ernsthaft Pläne schmiede für unsere Abreise bin ich

nervös, werde ständig rot und lebe in der Angst, Luis könne meine Gedanken lesen.

Auch er vermeidet über seinen Wutausbruch zu sprechen.

Sich zu entschuldigen - daran denkt er nicht.

„Ich treffe heute meinen Cousin. Ein Kumpel von ihm besorgt mir nochmals ein Paket.

Das Ticket nach Amsterdam werde ich nicht verfallen lassen.

Wie viele Dollars haben wir noch?"

Ich schüttle den Kopf. „Das kannst du nicht machen!"

„Wie viel haben wir noch?"

„Tausendeinhundert. Du wirst das nicht nehmen."

„Es gehört uns beiden, basta. Diesmal klappt es. Der Kunde wartet. Das bedeutet, ich werde gleich wieder heim fliegen."

Ich bemühe mich ruhig zu bleiben, ihn nicht zu reizen, doch in meinem Kopf pocht es.

Am liebsten würde ich los schreien, den ganzen aufgestauten Zorn über meinen Ehemann endlich raus lassen.

„Was ist, wenn dich die Polizei erwischt? Die Spürhunde riechen es doch und Amsterdam ist bekannt für Drogenhandel!"

„Keiner erwischt mich!"

„Denk an deinen Sohn! Wenn du im Knast sitzt, wirst du ihn sehr lange nicht sehen."

„Dann bist du mich los. Das würde dir doch gefallen, oder?"

„Hör auf, solchen Unsinn zu reden."

Ich wende mich ab, fürchte, Luis könnte etwas von meinen Fluchtplänen ahnen, wenn er mir ins Gesicht blickt und die Verachtung darin sieht, die ich kaum länger unterdrücken kann.

Seit einiger Zeit hat er es sich zur Gewohnheit gemacht, ständig anzurufen, wenn er außer Haus ist und mich mit Fragen zu überhäufen.

„Was macht ihr gerade? Ist wer bei Dir? Wo wart ihr? Mit wem? Warum?"

„Ich bespreche jetzt alles mit Alberto und morgen kaufe ich dann ein, ob es dir gefällt oder nicht.

Wenn ich eine Menge Geld heimbringe, wirst du deine Bedenken schon vergessen."

Luis zieht seinen langen Trenchcoat an.

„Ich komme wahrscheinlich erst nachmittags wieder."

Ein flüchtiger Kuss auf die Wange, ein Tätscheln für Andreas, schon ist er aus der Tür.

Ich nehme meinen Sohn auf den Arm und gehe mit ihm zum Fenster.

Und ich sehe meinen Mann die Straße hinunter schlendern, den Kopf hoch erhoben. Der Mantel schwingt bei jedem seiner Schritte um seine Beine.

„Leb wohl!" flüstere ich.

Dort geht der Mann, mit dem ich die letzten Jahre verbracht habe. Und ich bin mir absolut sicher, ihn zum letzten Mal zu sehen.

Ich versuche mir schnell noch Einzelheiten einzuprägen, seinen athletischen Körper, der selbstbewusste Gang. Das hocherhobene Haupt, das er rasiert hat um von seiner beginnenden Glatze abzulenken. Er ist doch erst sechsundzwanzig.

Warum fühle ich nichts?

Keine Wehmut, kein Hass, keine Reste von Liebe oder Angst, die falsche Entscheidung zu treffen!

Nur Gleichgültigkeit.

Er verschwindet schnell aus meinem Blickfeld.

Ich verscheuche meine Gedanken - es ist Zeit zum Handeln!

Ich bücke mich und ziehe meinen Koffer unter dem Bett hervor.

Einige Sachen habe ich schon darin verstaut. Nun ziehe ich hastig Kleidungsstücke aus dem Schrank, eile durch die Wohnung auf der Suche nach wichtigen Dingen, die ich nicht vergessen darf und stopfe alles planlos in den Koffer.

Ich muss mich darauf setzen um den Reißverschluss schließen zu können.

In meiner Börse habe ich den Zettel mit der Telefonnummer des Flughafens. Mit zittrigen Fingern wähle ich die Nummer.

„Wann geht die nächste Maschine nach Buenos Aires?"

„Wir fliegen im Zwei-Stunden-Takt. Wollen Sie reservieren?"

Das will ich.

„Gerne. Wie ist Ihr Name?"

Ich nenne ihn.

„Margarita Baldriz? Die Frau von Luis Baldriz?"

Ich bejahe. Was kommt jetzt?

„Entschuldigung, ich bin Carlos, ein Cousin von Luis. Wir haben uns noch nicht kennen gelernt. Ich arbeite hier auf dem Flughafen."

„Ah, schön ..."

Das interessiert mich jetzt gar nicht.

„Du fliegst nach Buenos Aires? Allein? Warum kommt Luis denn nicht mit?"

Was geht dem das an!

Ich stottere. „Luis hat keine Zeit. Ich will mir nur die Stadt ansehen. Touristenbesuch, verstehst du?"

Was ist, wenn dieser Carlos Kontakt zu Luis hat? Weiß, wo er sich gerade aufhält?

Ihm Bescheid sagt, dass ich wegfliege?

Das kann doch nicht wahr sein! Ausgerechnet ein Verwandter von Luis geht ans Telefon.

Ich fühle mich verfolgt. Fast will ich meinen Plan aufgeben.

Aber dann beruhige ich mich – nein, jetzt oder nie!

Ein Taxi – ich muss eines bestellen. Die Nummer habe ich mir ebenfalls schon vor einiger Zeit heimlich notiert.

In fünf Minuten wird es da sein. Warum brauchen die solange?

Ich helfe Andreas in seine Jacke.

„Bitte halt doch still, mein Schatz. Mami hat es eilig!"

Endlich ist das Taxi da, voll bepackt mit Koffer und Kleinkind eile ich hinunter.

„Zum Flughafen, schnell!"

Wir erreichen ihn in kurzer Zeit. Carrasco liegt nicht weit entfernt. Ich bin nervös.

Irgendetwas habe ich in der Hektik vergessen. Ich durchwühle meine Handtasche.

„Oh Nein! Stopp! Wir müssen umkehren! Ich habe die Reisepässe vergessen!"

Angst breitet sich aus in mir. Ich will nicht umkehren - nie wieder! Wie konnte ich nur die Pässe vergessen?

Und wie komme ich nun wieder in das Haus?

Ich habe doch eben den Hausschlüssel auf den Balkon hochge-worfen. Dort würde ihn schon jemand aus der Familie finden, habe ich mir gedacht.

Wir müssen ins Zentrum zum Lokal von Pablo, Carolinas Freund. Das würde ich finden. Hoffentlich ist er auch da.

Dieser Verkehr! Ich sehe auf meine Uhr. Wir müssen es schaffen.

„Pablo, schnell, ich brauche deinen Hausschlüssel!"

Er sieht mich verständnislos an. „Que pasa, was ist los?"

Stockend erkläre ich ihm meine Situation.

„Suerte! Tschau, viel Glück!"

Zurück ins wartende Taxi und zum Wohnhaus.

Wo sind sie nur? Bücher fliegen aus dem Regal.

Hat er sie gefunden, an sich genommen?

Gott sei Dank, ich hab sie!

Ich renne aus dem Haus und stoße mit Carolina zusammen.

Sie kommt eben von der Arbeit und schaut verständnislos von mir zum Taxi mit meinem Sohn und den Koffern.

„Nein, Margarita! Verlasst uns nicht! Warum denn?"

Sie beginnt laut zu weinen. Ich aber habe keine Zeit für Erklärungen.

„Leb wohl, ich schreibe dir!" presse ich heraus und lasse sie einfach stehen.

Mit hängenden Schultern und verweintem Gesicht ruft sie uns etwas nach, das ich nicht mehr verstehe.

Nun ist es mit meiner Beherrschung bald vorbei. Ich habe Angst. Ich atme tief durch.

Alles wird gut gehen, alles wird gut gehen – wie ein Mantra flüstere ich es vor mich hin.

„Bitte schneller", flehe ich den Chauffeur an.

Was, wenn Pablo oder Carolina wissen, wo sich Luis aufhält und ihm Bescheid sagen, dass ich abreise? Meine Gedanken machen sich selbstständig.

Ich schwitze, meine Hände zittern. Der Weg zum Schalter scheint mir unendlich weit.

„A donde quiere? Wohin wollen Sie?"

Die Angestellte sieht mich lächelnd und erwartungsvoll an. Ich kralle meine Finger in das Pult vor ihr um nicht umzufallen. Vor meinen Augen wird es kurz dunkel.

Meine Stimme - ich glaube, ich habe sie verloren. Stotternd, einen hysterischen Weinkrampf unterdrückend, bringe ich dann doch heraus: „Buenos Aires".

Eine halbe Stunde noch bis zum Abflug.

Wie soll ich das jetzt noch aushalten?

Gehetzt geht mein Blick alle paar Minuten zur Eingangstür.

Der Flughafen ist klein, wir warten hinter einer Glasfront auf das Einchecken.

Keine Abtrennung, ich sehe keine Wachebeamten. Wo sind die?

Ich fühle doch, er muss jeden Augenblick auftauchen!

Längst wird er seine obligatorischen Kontrollanrufe zuhause gemacht haben.

Ich kenne ihn doch.

Was denkt er sich, wenn ich nicht an das Telefon gehe?

Oder hat er schon mit Carolina gesprochen? Bestimmt!

Ich sehe auf die Uhr. Zum wievielten Mal schon?

Mein Sohn, knapp zwei Jahre alt, sieht mich an. So brav ist er, ich glaube, er spürt meine Anspannung ganz genau und bemüht sich, ganz brav zu sein.

Als ich dann endlich auf meinem Platz im Flugzeug sitze und die Motoren der großen Maschine immer lauter werden, drücke ich Andreas fest an mich und lasse meinen Tränen endlich freien Lauf.

„Danke!" schicke ich zum Himmel.

Wir haben es geschafft! Ich weiß es.

Die Wege unserer Familie haben sich soeben für immer getrennt!

Epilog

Drei Tage dauerte unser Aufenthalt in einem Hotel in Buenos Aires. Durch die dortige Botschaft bekam ich das fehlende Geld für die Heimreise.

Diese drei Tage erwartete ich ständig voller Angst, Luis könnte plötzlich vor mir stehen, mich in der Anonymität dieser Millionenstadt finden.

Meine Mutter bekam fast einen Nervenzusammenbruch, denn ich rief erst nach der Landung in Wien an. „Bitte holt uns ab. Wir sind wieder da!"

Einen Monat lang versteckte ich mich mit Andreas bei Bekannten, weit weg von meinem Heimatdorf.

Luis besaß noch ein Ticket nach Amsterdam, das wusste ich und ich hatte riesige Angst, er könnte mich finden oder eine seiner unzähligen Drohungen wahr machen und meiner Familie etwas antun.

Doch Luis blieb in Uruguay.

Später erfuhr ich von Eda, dass er sämtliche Familienmitglieder angefleht hatte, ihm Geld zu borgen um uns nachzureisen.

Niemand gab es ihm. Alle waren der Meinung, er solle das bleiben lassen.

Dafür bin ich ihnen sehr dankbar.

Ein Jahr lang verfolgten mich Albträume, in denen ich mein Kind wieder verlor.

Ein Jahr lang sah ich mich manchmal auf der Straße gehetzt um, weil ich das Gefühl hatte, das Gesicht meines Mannes gesehen zu haben.

In den ersten Monaten plagten mich auch viele Gewissensbisse, ich hatte Schuldgefühle, weil ich Luis seinen Sohn wieder entrissen hatte und Andreas ohne seinen Vater aufwachsen würde.

Doch mit der Zeit verging meine Panik und auch meine Selbstvorwürfe schwanden.

Die ganz alltäglichen Sorgen einer allein erziehenden Mutter nahmen mich in Anspruch.

Ich suchte eine Wohnung für uns zwei, fand bald Arbeit und neue Freunde.

Und ich bin glücklich, wenn ich in das Gesicht meines Sohnes blicke. Glücklich, dass ich ihn mir wieder zurückgeholt habe.

Eda hat den Kontakt zu mir und ihrem Enkelsohn nie aufgegeben und Andreas sogar zu seinem achtzehnten Geburtstag besucht. Andreas sah seinen Vater erst mit vierundzwanzig Jahren wieder - doch diese Geschichte sollte er erzählen ...